U0665458

当代诗歌修辞研究

覃冬妮 著

SWUP
西南大学出版社
国家一级出版社 全国百佳图书出版单位

图书在版编目(CIP)数据

当代诗歌修辞研究 / 覃冬妮著. -- 重庆 : 西南大学出版社, 2024.5

ISBN 978-7-5697-2393-9

Ⅰ. ①当… Ⅱ. ①覃… Ⅲ. ①诗歌研究－中国－当代 Ⅳ. ①I207.22

中国国家版本馆CIP数据核字(2024)第096050号

当代诗歌修辞研究

DANGDAI SHIGE XIUCI YANJIU

覃冬妮 著

责任编辑 | 何雨婷
责任校对 | 王玉竹
装帧设计 | 殳十堂_未 氓
排　　版 | 吕书田
出版发行 | 西南大学出版社(原西南师范大学出版社)
网　　址 | www.xscbs.com
地　　址 | 重庆市北碚区天生路2号
邮　　编 | 400715
电　　话 | 023-68868624
经　　销 | 全国新华书店
印　　刷 | 重庆市圣立印刷有限公司
成品尺寸 | 148 mm × 210 mm
印　　张 | 9
字　　数 | 236千字
版　　次 | 2024年5月 第1版
印　　次 | 2024年5月 第1次
书　　号 | ISBN 978-7-5697-2393-9
定　　价 | 50.00元

序言

王希杰先生认为，修辞学研究的核心问题是同义手段问题，修辞活动的本质就是对同义手段的选择。自20世纪80年代同义手段问题兴起，至90年代同义手段理论大体定性，修辞学界已经对同义手段选择进行了诸多讨论，不过缺乏对某一类型修辞活动的同义手段选择问题进行研究。

作为一种常见的话语类型和修辞活动，当代诗歌无疑是诗人进行多次同义手段选择并生成各种创造性言语同义手段的结果。因此，本书仅以当代汉语诗歌作为研究对象，从当代诗歌的辞格系统构建、修辞手段运用特征以及同义手段的构成过程三个方面探讨当代诗歌修辞活动的表达效果和修辞特征。诗歌与修辞学有着天然的联系，本书从同义手段选择角度讨论当代诗歌话语的修辞问题，一方面旨在明晰当代诗歌修辞活动具有创造性的来源，另一方面希望改变语言学研究者们对当代诗歌的看法并引起他们对当代诗歌话语研究的重视。语言学研究者们不应该只把当代诗歌看作文学作品，而应意识到当代诗歌构成的本质是语言运用。从当代诗歌有别于其他话语类型的构成方式角度看，它还蕴藏着众多有待讨论的语言学现象和语言学问题。

目录

CONTENTS

第一章

当代诗歌修辞研究总说

修辞学主要研究人们如何在交际活动中提高表达的效果。当代诗歌是一种独立的话语类型，一首诗的创作过程就是诗人以表达者的身份所进行的一次修辞活动，所以如何提高当代诗歌的表达效果也应成为研究者们所关注的问题。当代诗歌的修辞活动既有与其他类型修辞活动的相同之处，也有独属于它自身的特点，后者的存在说明从修辞角度对当代诗歌进行分析是必要和可行的。

一、当代诗歌修辞研究的必要性

在人类的交往过程中离不开使用语言进行的交际活动。人们需要根据交际目的、对象、内容、语境等要素，组织相应的语言材料完成交际任务，同时也会尽可能地追求交际的最佳表达效果。为了实现最佳表达效果，人们会调动各种因素对语言材料进行精心选择，这一行为和过程就是修辞活动。

修辞活动的内容是千变万化且动态的，但它提高表达效果的方式是有迹可循的，多变的修辞活动中包含着共同的、稳定的规律和规则。人们灵活地运用这些规则提高表达效果，这些提高表达效果的规律就是修辞。"所谓修辞活动其实就是运用修辞的活动，或者说是受修辞制约的活动。”[①]修辞学感兴趣的是修辞活动中的各种修辞现象，当代诗歌修辞活动就包含着各种丰富的修辞现象。例如：

(1)《所需要的词语》　南野

我所理解的生存所需要的仅仅是
这样一些词语。较多的名词
白天，黑夜，食物，水，火，房屋，道路，书籍，纸，和平，梦，等等
和不多的动词，阅读，听，睡眠，行走，思想，爱，怀疑
少数几个形容词，快乐，痛苦，饥饿，焦渴，平静
再加上一个词，死亡，作为结束

(2)《你的名字》　纪弦

用了世界上最轻最轻的声音，
轻轻地唤你的名字每夜每夜。
写你的名字，
画你的名字，
而梦见的是你的发光的名字：

如日，如星，你的名字。
如灯，如钻石，你的名字。
如缤纷的火花，如闪电，你的名字。
如原始森林的燃烧，你的名字。

① 王希杰.汉语修辞学(修订本)[M].北京：商务印书馆，2004：7.

刻你的名字！
刻你的名字在树上。
刻你的名字在不凋的生命树上。
当这植物长成了参天的古木时，
呵呵，多好，多好，
你的名字也大起来。

大起来了，你的名字。
亮起来了，你的名字。
于是，轻轻轻轻轻轻地呼唤你的名字。

在例(1)中，诗人选择以诗行内词语并列以及诗行之间并列的方式解释生存的内涵。前者表现为在每行诗中列举不同词性的词语，横向说明了生存的不同需求；后者则纵向体现了生存的整个过程。诗歌并未大量赘述生存这一复杂命题，而是灵活运用并列的方式进行诠释。在例(2)中，诗人选择构建的倒装句式以及同一短语的反复出现使“你的名字”得到凸显。第二节诗在倒装句式的基础上以“你的名字”作为本体构建了多组比喻关系，四行诗的句式结构基本相同，它们相互之间也形成了并列关系。另外，诗人采用词语复叠的方式，如“最轻最轻”“每夜每夜”“轻轻轻轻轻轻”，形成了舒缓、延展的声音效果。

例(1)从不同聚合空间内选择语法意义相同的词语投射至组合轴并形成诗行内、诗行之间的并列。在例(2)中，诗人在常规句式与倒装句式、正常词语表达与词语复叠之间皆选择了后一种形式，同时还使用了排比、反复、比喻等修辞手段。诗歌作品是诗人对语言进行选择、运用、加工后的结果，通过分析可见当代诗歌称得上是包含丰富修辞现象的修辞活动。

在诗歌修辞活动中，诗人不仅需要在语言系统中选择对象，还需要在语义或结构相近的形式中选择表达效果更好的对象。所以，王希杰主张："修辞学的对象主要是各种同义手段的选择，也就是语言变体的选择。"[①]他将同义手段定义为："所谓同义手段，就是某一个零度形式同它的一切偏离形式（包括正偏离和负偏离、显偏离和潜偏离）的总和，它们之间的关系模式、关系矩阵、关系网络。这个模式是交际活动中的四个世界的统一体。"[②] 同义手段以差异性作为必要条件和前提，形成有条件的同一，各同义手段包含着差异的同一，"零度与偏离""显性与潜性""四个世界"三组概念都包含着差异与同一的关系。通过这三组概念可以对同义手段的类型和来源进行有效说明。在具体的修辞活动和修辞学研究中，语言使用者和研究者们所关注的重点是潜性的、可能出现的话语形式显性化的过程，即对同义手段的挖掘和开发。在差异与同一的基础上，每个同义手段的选择实际上突出的是意义的差异而非意义的同一，所以同义手段的选择"首先是意义的选择，甚至是同义手段的创造或关于世界的意义创造"[③]。同义手段的创造就意味着在将潜性话语形式转向显性的过程中打破了固有的语言常规，产生新鲜的表达形式和带给人陌生化新奇感的审美效果，而最能体现这种同义手段创造性、审美效果的修辞活动非当代诗歌莫属。

一方面，当代诗歌从打破约定俗成的语义关系角度建立新的同义手段。例如：

---

① 王希杰．汉语修辞学（修订本）[M]．北京：商务印书馆，2004：10.

② 王希杰．修辞学通论[M]．南京：南京大学出版社，1996：259-260.

③ 李心释．理论修辞学问题断想——兼论王希杰《汉语修辞学》的贡献[J]．南京晓庄学院学报，2023（02）：60.

(3)《香港的月光》 洛夫

香港的月光比猫轻
比蛇冷
比隔壁自来水管的漏滴
还要虚无

过海底隧道时尽想这些
而且
牙痛

(4)《月下》 张健

月球的许多铜锈
恣意地向我飘落——
一刹那间,我变成
头皮屑最多的人

例(3)选择建立“月光”与“猫”“蛇”“水管的漏滴”之间的超常搭配。“猫”的可能特征[+重量轻]、“蛇”的可能特征[+体温低]激活了“月光”的上位概念“月亮”原有的边缘可能特征[+重量]和[+温度],经过组合使“月光”也具有了[+重量轻][+温度低]的可能特征。通过共同的可能特征[+状态],首先将“水管的漏滴”时有时无的状态与“虚无”所指称的有而若无、实而若虚状态进行类比,然后再用来形容“月光”光亮微弱的状态。例(4)将月亮与铜球进行类比。在此基础上使月亮产生的“月光”与铜球产生的“铜锈”发生语义关联，又因“铜锈”和“头皮屑”都具有共同可能特征[+细碎][+颗粒]，而使“月光”与“头皮屑”之间产生语义关联。两组语义关系使“月光”获得新可能特征[+细碎][+颗粒]。例(3)、例(4)通过突出“月光”的不同特征和差异，建立了多组关于“月光”的语义关系，它们都是零度形式“月光”的偏离形式，偏离形式既与零度形式形成同义手段，相互之间也形成了同义手段。

另一方面，当代诗歌还利用分行的手段改变和重新建立诗行的句子结构，形成常规句式的偏离形式，或者以改变线性序列的方式使结构形式的意味更加突出，构成偏离形式。例如：

(5)《泥土，陶器，女人》　明迪

她们在河边跪下
用黏土做陶罐
圆圆的身体，每一个都是母亲
孕育着孩子，她们跪下，祈祷，天佑
从天而降，她们在陶罐上刻下名字
身体圆圆的陶罐，每一个都是女神
母亲女神的陶罐身体里
飞出孩子，桃花朵朵
从扁平的泥板，到圆圆的陶罐
她们 刻下飞鸟，闪电，飞鱼，雷雨
刻下谷物生长，花开花落
陶符器皿，铭文，文字，埋在
地下三千年，破碎的身体
等待星星发现

诗人利用诗行的不同长度、诗行的空格移位以及分行形式，使整首诗的诗行排列结构形似一个乳房的造型。“乳房”在语义上可指代女人、母亲，并且包含孕育、喂养的意味。在内容上，诗歌将“陶罐”与“母亲”、用泥土制作陶罐的过程与母亲孕育孩子的过程进行类比，诗行结构形式突出的意味又进一步强化了诗歌在内容上构成的新语义关系。图象诗不仅利用诗行排列构成有意味的“造型”，也使诗歌的“造型”直接参与语义关系的建立。

一首当代诗歌的构成就是由诗人所完成的一次修辞活动，诗人如何运作以使诗歌修辞活动取得更好的表达效果以及由此反映出的修辞特征是当代诗歌修辞研究的中心问题。从上述分析的例子中可见，诗人灵活运用修辞手段构成的语义关系都是偏离程度较大的正偏离，也是能够改变表达效果的“大偏离”。诗歌语义关系之所以能够产生“大偏离”，一方面是因为诗人对潜性话语形式的深度挖掘和将潜性语义关系显性化，另一方面是因为当代诗歌特有的同义手段选择和语义关系构成机制。对当代诗歌特有的同义手段选择和语义关系构成机制的深入讨论能够进一步说明当代诗歌修辞活动的运作过程和取得更好表达效果的原因。

二、当代诗歌修辞研究路径

汉语修辞学研究关心的诸如修辞手段、同义手段构成等问题，同样也是当代诗歌研究的重点。前辈学者的研究成果为当代诗歌修辞研究提供了必要的理论基础，在此基础上结合当代诗歌修辞活动的特点，可以发现当代诗歌修辞研究的切入点。

（一）修辞研究综述

由于修辞学研究只关心与提高表达效果有关的语言问题，所以，作为运用于修辞活动中的固定、能产模式，也是提高表达效果重要手段的辞格就成为汉语修辞学研究的重点。学者们一方面从具体辞格的描写、辞格的分类以及辞格之间的关系三个方面构建辞格系统，另一方面从辞格如何影响语义关系生成的角度讨论交际活动中各种言语形式变化背后的规律和模式。

陈望道的积极修辞理论是在“三境界两分野”体系下形成的。“三境界”是指语辞使用的实际情况，即记述的境界“以记述事物的条理为目的”，表现的境界“以表现生活的体验为目的”，糅合的境界是糅合记述的境界和表现的境界所形成的一种语辞。[①]其中，记述的境界与表现的境界在表达方式上正好相反，前者以实事求是和避免突出个人色彩的方式完成表达，后者则强调将个人体验、情感融入表达。记述的境界所采用的表达手法属于消极修辞（手法），表现的境界所采用的表达手法往往属于积极修辞（手法）。因此，陈望道将修辞的手法分作两大分野，即消极修辞和积极修辞。消极修辞是抽象的，概念的，符合事物本质、事情常理、逻辑常规的。使用消极修辞的表达可以清晰表意，但缺乏变化。与之相反，积极修辞则重在突出人的体验和感受，不一定符合常理、常规，具有变化性。通过“三境界两分野”，陈望道明确了修辞活动的特征以及修辞学研究的重点为积极修辞。

陈望道还将“内容”和“形式”这组概念带入修辞研究中。“修辞上所说的内容，就是文章和说话的内容。修辞上所说的形式，就是文章和说话的形式。内容和形式是一对矛盾的两个侧面，它们是不能截然分开

---

① 陈望道.修辞学发凡[M].上海：上海教育出版社，1997：3.

的。”[①]内容和形式在积极修辞中表现为,“内容方面大体都是基于经验的融合。对于题旨、情境、遗产等等为综合的运用。就中尤以情境的适应为主要条项。所以颇有人以所谓联想做这方面的各种手法分类的依据。形式方面,大体是我们对于语言文字的一切感性的因素的利用,简单说,就是语感的利用”[②]。陈望道认为积极修辞的辞格是内容和形式的综合利用,就是利用一切语言手段传递符合情境的经验。辞趣指语言文字本身的情趣利用,陈望道认为它比较侧重形式方面的利用,与辞的意味、辞的音调和辞的形貌有关。不能因为辞趣与语言文字相关就将其看作形式的侧重,使内容与形式的一体性被割裂。在辞趣中,辞的意味需要与情境相适应且符合意旨,它体现的是对内容的凸显。

从陈望道列举的“修辞学的任务”[③]可见他建立辞格体系的方针,包括描述辞格内部的系统和归纳辞格之间关系的系统。在横向上,辞格内部的系统包括“辞格方式的构成”“辞格方式的变化”“辞格方式的分布”“修辞方式的功能或同题旨情境的关联”四个方面。在纵向上,各辞格之间的系统表现为“各种方式的交互关系”,即辞格之间的同异关系。辞格之间必有明显的相异之处,否则不可谓两个独立辞格。但在辞格之上,从功能角度可以发现辞格之间的共同点,然后以共同点作为辞格分类的依据。积极修辞的辞格系统在横向上分析了38个辞格的内部系统,在纵向上分为材料、意境、词语和章句四大类。积极修辞建立辞格系统的模式是具有参考意义的,它兼顾了修辞学对辞格本身以及辞格相互关系的研究。在人们对常用辞格内涵越来越熟悉的情况下,对辞格相互关系的研究成为新的研究热点。虽然陈望道提出的四个大类的类目稍显粗

① 陈望道.修辞学发凡[M].上海:上海教育出版社,1997:39.

② 陈望道.修辞学发凡[M].上海:上海教育出版社,1997:70.

③ 陈望道.修辞学发凡[M].上海:上海教育出版社,1997:16-17.

糙，辞格之间的关系仍有待商榷，但这种研究方法是进步的，也是必要的。后代学者也在沿用这种研究模式的基础上尝试提出更为科学的辞格系统。

张弓在《现代汉语修辞学》一书中首先明确了修辞活动与语言之间的关系，“一切修辞活动，都必须利用语言因素，有时是联合利用两个或三个因素……修辞的一切手段，都离不开语言因素”[①]。所以修辞学是从表达态度、表达方法、表达效果的角度研究修辞活动中词汇、语法、语音的运用。修辞和汉语各因素之间的关系实际表现为汉语各因素的选择活用问题。在修辞活动中，根据内容需要可以利用各种修辞手段生成词汇、语法、语音的同义手段。修辞学研究负责讨论对这些同义手段的选择和运用问题。

与“积极修辞”概念相比，“同义手段选择”概念的提出使修辞学研究的对象更为清晰。同时，辞格与语言因素发生作用产生同义手段，使人们对于辞格的认识不再局限于其本身，而是与使用辞格的具体情况相联系。所以，张弓在构建辞格系统时，以“语言因素和表现手法的关联性”作为分类标准，将现代汉语辞格分为描绘式类、布置式类、表达式类。辞格内部分析包含八个分析项目，除了常见的辞格基本情况和辞格间的关系描写之外，还涉及辞格的作用、辞格在不同语体中的应用。张弓对于辞格系统的描写也沿用了陈望道的辞格构建模式，但他的辞格系统分类标准更具体，辞格描写的程度更深。

张弓的研究还将修辞和语体相联系，讨论各语言因素与辞格在不同语体中的适应性和局限性，并由此总结各语体在语言运用上所表现出的特点。这项研究任务涉及文艺语体、科学语体、政论语体、公文语体。一

① 张弓.现代汉语修辞学[M].石家庄：河北教育出版社，1993：25.

方面，各种不同语体为修辞学研究提供了大量不同类型的语言运用实例；另一方面，适应性和局限性的具体表现也成为说明语体差异的依据。不过，由于各语体内部又有多个下位层级的语体，分析时也只是对各种下级语体的一些语言运用情况进行说明，导致整个研究过程针对性不够强，内容也稍显简单。

从整体上看，张弓的研究始终不离开语言因素的作用以及辞格的语言因素特质，因此他强调修辞的要件是"内容决定形式，形式内容统一"①。前者指写作时应优先考虑内容，内容是先决条件；后者指选择的形式与表达的内容需匹配，在内容与形式的关系上，辞格是形式。但"内容决定形式"与"形式内容统一"之间存在矛盾，过分强调内容的先决性忽略了语言使用者在构思内容的同时也在选择与之相适应的形式这一情况。

王希杰的修辞研究围绕着修辞对象的性质、辞格的本质属性和存在方式提出了一系列的概念范畴。"真正科学的修辞学就是从语言世界与物理世界、文化世界、心理世界之间的关系模式中考察语言的表达效果而得到的规律规则的理论体系。"②语言世界的构成和存在受物理世界、文化世界、心理世界的影响，所以修辞活动作为运用语言进行表达的言语活动，也离不开四个世界的影响。"在修辞活动中，人通过语言认识物理世界、反映物理世界，这种认识和反映是经过文化世界的折射实现的；同时，人对物理世界的反映总是与人自身的心理世界密切相关的，心理世界对表达效果的影响无时无刻不在修辞活动中存在着。"③四个世界共同构成修辞活动发生、运作的"场域"。

修辞活动的动态性和多变性往往使它表现出差异，如果没有差异的

① 张弓.现代汉语修辞学[M].石家庄：河北教育出版社，1993：10.

② 王希杰.修辞学通论[M].南京：南京大学出版社，1996：76.

③ 李晗蕾.辞格学新论[M].哈尔滨：黑龙江人民出版社，2004：41.

对立面进行参照，那么孤立的差异也不可能存在。所以，王希杰认为修辞学必须有一对既关联又对立的概念，即零度和偏离。“零度”是一个理想的概念，在修辞学中它被分为理论零度和操作零度。理论零度指看不见摸不着的、抽象的一般；操作零度指最一般的、中性的不带任何修辞色彩的形式，它存在于语言系统中并被人们所接受。言语活动中的一切都是偏离，它们都是对零度的偏离。操作偏离与操作零度相对立，除了操作零度以外的所有形式都是偏离。所以，修辞活动的同义手段选择就是从同一个零度形式和它的所有偏离形式之中进行选择。从表达效果积极或消极的角度，偏离被分成正偏离和负偏离。传统修辞研究往往只关注表达效果好的修辞活动，而负偏离的出现则使修辞研究的范围得到扩大。正偏离和负偏离之间可以因语境或其他条件的变化发生转换，修辞活动的表达效果可以由负偏离转向正偏离，反之亦然。零度形式和偏离形式的关系并非固定不变的，两者之间也存在相互转化。

从语言存在方式角度看，王希杰提出了“显性”和“潜性”这组既对立又有联系的概念。在交际活动中，已经存在和出现过的话语形式是显性话语，而没有出现的则是潜性话语，这是显性和潜性之间的对立表现。两者之间的联系，一方面表现在显性现象和潜性现象之间的对称性即“凡显必有潜”，以及潜性现象数量大于显性现象的不对称性；另一方面表现为两者之间的转换关系，即潜性语言的显性化。“修辞活动是一种选择活动，首先是对这些显性语言材料的选择……所以显性语言是修辞的基础和出发点。”[①]如果无法实现潜性语言显性化，那么修辞活动所选对象将十分单调，而潜性语言在获得向显性语言转化的语用条件后，就能实现显性化，以此打破以往的常规选择，实现对潜性语言的开发和创新。

① 王希杰.修辞学通论[M].南京：南京大学出版社，1996：213.

四个世界的存在和划分说明了修辞活动产生的动因,零度和偏离说明了常规与变异之间的关系,显性和潜性说明了语言存在的方式以及语言的可能性。除了同一个零度形式及其所有偏离形式共同构成同义手段外,另外两组概念也都与同义手段产生联系,形成不同类型、不同存在方式的同义手段。在进行理论分析之后,王希杰在《汉语修辞学(修订本)》(2004)中,一方面归纳修辞活动中利用声音方式产生好的表达效果的手段,通过不同的句际关系和结构模式构成修辞活动话语结构的手段;另一方面根据美质原则,将41种常用辞格分为均衡、变化、侧重、联系四个系列,每一个系列是一组同义手段的聚合体。

在修辞活动进行过程中,同义手段有各种各样不同的表现形式,也是人们在修辞活动结束后直接可感的对象,而"四个世界""零度和偏离""显性和潜性"三组概念既有各自指称的内涵,又是潜藏在背后、与同义手段构成密切关系的概念。同义手段的选择以及三组概念共同构成了王希杰的修辞体系,修辞研究的视角也从对辞格的重点关注转向了修辞活动的运作分析。

李晗蕾的《辞格学新论》在阐述辞格的语义生成机制过程中,借鉴义素分析的方法对辞格的语义构成进行分析。首先,"零度"和"偏离"概念被转化为语义分析的操作概念,用来说明义素之间的语义关系。同时,"零度"和"偏离"概念可分别用于指同一个辞格范畴内或辞格聚合内常规、典型的辞格和处于边缘位置的辞格,即零度辞格和偏离辞格。其次,辞格义素决定辞格之间的语义关系,根据辞格之间的语义关系或者辞格内部的语义关系可以形成辞格语义聚合。根据辞格之间的同义、反义、上下义、多义关系,分别构成层级更低的辞格语义聚合。从语义角度、语言形式角度又分别归类出语义辞格聚合、语法辞格聚合、语文辞格聚合。

受“四个世界”概念的影响，李晗蕾又划分出物理辞格聚合、文化辞格聚合和心理辞格聚合。语言辞格系统被看作零度系统，言语辞格系统被看作偏离系统，最终由这两大系统共同构成完整的辞格系统。李晗蕾构建的辞格系统层次结构分明，各层次之间、层次内部对象之间都具有聚合关系，每一个辞格聚合都是同义手段的聚合体。最后，从描写辞格意义的角度看，零度辞格和偏离辞格又与认知理论的原型范畴和家族相似性有共同之处，即以作为原型范畴的零度辞格为基础，根据变异程度的大小推导出具有家族相似性的偏离辞格。辞格的零度意义和偏离意义的存在说明“零度-偏离”是分析、描写辞格意义的重要模式。从辞格存在的角度看，辞格分析被置于“语言-言语”二元关系之下进行，语言辞格和言语辞格的二元对立既突出辞格研究的核心部分，也不至于忽略变量因素更多的言语辞格部分。“语言-言语”二元关系也被视作一组更为清晰、明确的辞格分类标准。“零度-偏离”模式、“语言-言语”模式成为建构辞格系统的重要方法论。

不同于前辈学者建立辞格体系时重在语言辞格的分类归纳而分类标准相对模糊的情况，李晗蕾以方法论原则为基础，使用语义、认知的描写方法描写辞格的语义，并以构成辞格类聚的方式建立语言、言语的各级辞格系统，两者共同构成层级分明、区别标准清晰的辞格系统。由此可见，她的辞格研究是进步的，也打开了辞格研究的新视野。

传统修辞学一直对讨论修辞活动的表达效果、辞格的语言模式描写有着浓厚兴趣，但刘大为认为这种研究方法“只是常识性地描述一下为达到某种表达效果而采用的方法”①，对于大部分辞格而言并没有提炼出相应的语言格式。同时，传统修辞学研究虽然重视语言的表达效果，但

① 刘大为.比喻、近喻与自喻：辞格的认知性研究[M].上海：上海教育出版社，2001：47.

实际上它又是难以量化和呈现的对象，“效果是一个评价性的、而不是实质性的概念”“它不存在于话语中，也不存在于文本中……而是存在于语言接收者的语感中。因而对表达的效果的本身是无法去正面探究的”[①]。在此情况下，对语言表达的效果的分析也只能沦为一种程式化的描述，诸如“生动形象”“准确贴切”等。

刘大为认为表达效果实质上是人们使用语言意图的实现，当这种使用意图反复出现时，相应的语言格式就会因为不断被使用而稳定并成为辞格。仅从常识观察中产生和从表达效果角度概括出来的辞格可以称为表达性辞格。与表达性辞格相对，认知性辞格的使用意图是用语言表达出使用者对世界的认知关系变化，这种变化通常是认知的变异并伴随着语言意义的变化，因此需要对语言要素重建组织，形成特定的格式。在分析认知性辞格格式时，刘大为提出了三种语义特征，即必有特征、可能特征、不可能特征。必有特征和可能特征体现的是词语中的常规部分，不可能特征是词语在常规语义关系中不可能具有的特征。只有当词语按照认知性辞格的方式使用，它原有的语义规范被破坏，并且必须接纳因词语所指对象的认知关系改变带来的不可能特征，此时不可能特征才变成可能特征。“认知性辞格语言上的基本形态，就是以各种不同的方式接纳了一个不可能特征。可以根据辞格的运用过程中有没有接纳一个不可能特征，来判断它是不是认知性辞格。”[②]根据语义特征的匹配方式，论者将认知性辞格的认知模式分为两种：有介体的方式，包括相似关系和接近关系；无介体的方式，包括自变关系。根据“相似即同一”“接近即同一”原则以及“自变关系”分别列出比喻类型、近喻类型的辞格同一性梯度，论者将夸张和同感纳入自喻类型，然后观察使用这些认知性辞

① 刘大为.比喻、近喻与自喻：辞格的认知性研究[M].上海：上海教育出版社，2001：48.

② 刘大为.比喻、近喻与自喻：辞格的认知性研究[M].上海：上海教育出版社，2001：30-31.

格的话语如何接纳不可能特征的过程，描写出辞格的语言结构。

认知性辞格的提出确实给了人们观察和描写辞格的新视角。但李晗蕾认为，一方面被认定和描写的认知性辞格数量较少，“认知性”的提出不是证明辞格具有认知性，而是表明与传统辞格研究的不同立场和描写方法；[①]另一方面，刘大为并没有否认认知性辞格同样具有表达性，“表达性辞格与认知性辞格的区分其实是相对性的，如果停留在话语表层的表达效果上，一切辞格都是表达性的”[②]，那么表达性和认知性的根本区别仍有模糊之处。另外，认知性辞格包含的辞格以及描写辞格语言结构的方式主要指向侧重语义的辞格，但侧重形式的辞格也可以通过形式变化改变认知关系，那么它们是否也属于认知性辞格，适用于同样的辞格语言描写方式，仍值得继续思考。

前辈学者的研究成果也引发了进一步的思考。首先是辞格的形式与内容关系问题。李晗蕾认为，部分辞格观在方法论上直接或间接地把表达模式作为辞格最自然的本体假设；在认识论上，大多数人都主张内容和形式的同义，有的辞格观甚至是内容决定论的反映，这就造成了辞格观和方法论的不统一，由此导致辞格形式和内容的矛盾。[③]认识论、方法论以及实际操作上的差异让辞格分类仍为辞格之间显现的共同点，比如从最明显的形式或功能角度进行分类。虽然《汉语修辞学（修订本）》已经列出“声音”“结构”两项属于形式的辞格序列，陈汝东的《当代汉语修辞学》提出修辞格的类别“大致可分为侧重形式的和侧重语义的两类”[④]并稍做分类列举，但这些仍不完整。现有的辞格分类方法也表现出形式与内容不分、重内容而轻形式的倾向。

---

① 李晗蕾.辞格学新论[M].哈尔滨：黑龙江人民出版社，2004：55-56.

② 刘大为.比喻、近喻与自喻：辞格的认知性研究[M].上海：上海教育出版社，2001：54.

③ 李晗蕾.辞格学新论[M].哈尔滨：黑龙江人民出版社，2004：61-62.

④ 陈汝东.当代汉语修辞学[M].北京：北京大学出版社，2004：164.

其次是辞格的结构描写问题。刘大为从认知和语义视角将认知性辞格的语言使用意图描述为接纳一个不可能特征的过程,并描写了部分辞格的结构。这种操作过程是否可以经过改造后用于描写更多不同类别的辞格的语言结构,以语义为基础的描写方式是否也适用于描写更多不同类别的辞格,或者借助语义特征的描写方式说明人们如何利用不同修辞手段构成语义关系?

最后是修辞研究与具体话语类型相结合问题。大部分汉语修辞学研究所使用的语料来自各种不同的话语类型,这对于综合性更强的修辞学研究而言是必要的。但从另一个角度看,修辞学研究也完全可以选择一个更为具体的话语类型的修辞活动作为研究对象。后一种研究视角不仅有利于拓展修辞学研究的广度,而且也为话语类型的研究提供了修辞学视角,而已有的修辞学研究成果为这种针对具体话语类型的修辞学研究提供了相应的理论基础。

(二)当代诗歌修辞研究切入点

修辞研究关注辞格运用以及修辞活动的表达效果,一方面在修辞学著作中可见各种话语类型的语料被当作材料和对象进行修辞分析,由此得出汉语修辞运用的一些共性特征和共同模式;另一方面应该考虑将汉语修辞研究与具体的话语类型相结合的研究,得出具体话语类型的修辞运作特征,即汉语修辞运用的一些个性特征和特殊模式。“我们认为修辞科学应当把修辞和语体联系起来进行研究。现代汉语修辞学应该具体研究现代汉语的各因素,修辞各种手法(主要是各辞式)在现代汉语各类语体中的适应性和局限性。”[①]张弓提出的现代汉语修辞学研究任务之一与本书针对当代诗歌进行的修辞研究不谋而合。从语

① 张弓.现代汉语修辞学[M].石家庄:河北教育出版社,1993:23.

体或话语类型划分角度看，当代诗歌话语是书面语并从属于文学话语，但当代诗歌话语与其他文学话语类型相比仍有很大差异。当代诗歌话语在建立语义关系过程中无须遵守约定俗成的语言规则，这一点使其区别于日常话语。当代诗歌的语义关系偏离程度更大，使其区别于文学话语中的非诗歌话语；即便是在诗歌话语范畴内，当代诗歌与古典诗歌之间也因是否遵循格律要求和表意方式的不同而产生差异。因此，在进行不同话语类型的修辞研究时，不应直接将文学话语或者诗歌话语的修辞特征等同于当代诗歌话语，而应将当代诗歌话语作为独立的研究对象并结合它的特点进行修辞研究。

当代诗歌的修辞研究，关注的是在当代诗歌中能够提高表达效果的各种现象。可将一首诗的创作过程看作一次完整的修辞活动，在此过程中诗人根据表达需要建立各组语义关系，例如：

(6)《垦丁的海》　黄梵

浪像孕妇，可以生浪
而我，可以从浪尖找到许多东西
找到磨亮的锄头、擦亮的皮鞋
找到汹涌的泪水、醉醺醺的酒瓶
找到垦丁的白灯塔、画画的白纸

我找到的所有白花，很快都会凋谢
我找到的所有白天鹅，很快都会飞走
我找到的最白的纯洁，像一把亮剑
很快把我划伤

作为千里之外的来客，我听得见自己在浪尖呼喊

第一节诗中反复出现的动词“找到”所连接的一系列名词短语，都是不可能从海浪中找到的对象。这些名词短语原本分属于不同聚合空间，由于它们都是名词且都具有可能特征[+可被找到]，所以诗人将它们重构成新的聚合空间，并将它们投射到诗歌的组合关系中成为“找到”的宾语。在第二节诗中，“白花”“白天鹅”“最白的纯洁”因都具有可能特征[+白]而共同构成一个新聚合空间，然后被投射至组合轴成为“找到”的宾语。诗人根据词语之间具有的相同特征将原本没有关联的对象重新构成聚合空间，并将它们投射至组合轴与原本不能组合的对象构成新的语义关系。当代诗歌重构聚合的方式与类聚修辞手段的作用有相似之处，也往往会同时使用反复、并列等修辞手段，但重构聚合的背后还有当代诗歌语义等值机制的支撑。

(7)《粉笔与黑板》　黄梵

黑板啃着粉笔
这是它的美食

粉笔也是白发苍苍的男人
竭力把头，钻进姑娘乌黑的发丛

粉笔教黑板识字
教它认：“我爱你！”

黑板笑得咧开黑洞洞的大嘴——
这三个白字，成了它幸福的门牙

粉笔也是蜜蜂
整天吮吸这黑色的郁金香

有时，黑板不得不宽恕粉笔的辱骂
有时，黑板也挥霍粉笔的呜咽

粉笔临终前，仍惦念它写过的所有字
黑板安慰它：所有擦去的字，并没有失踪
它们已躲进听众的心里，准备过冬

诗人首先搁置了“粉笔”和“黑板”的本义，以拟人修辞手段使两者具有了人的属性，比如“黑板啃着粉笔”“粉笔教黑板识字”“黑板笑得咧开黑洞洞的大嘴”等，都表现出“粉笔”“黑板”的“人类行为”。在拟人的基础上，诗人还分别将“粉笔”和“黑板”与不同的对象构成比喻关系，如第一节构成的语义关系将用粉笔在黑板上写字的状态与进食进行类比；第二节分别将“粉笔”与“白发苍苍的男人”、“黑板”与“乌黑的发丛”进行类比，然后形成“白发苍苍的男人钻进姑娘乌黑的发丛”与使劲用粉笔在黑板上写字状态的类比。通过拟人和建立比喻关系，诗人围绕“粉笔”和“黑板”建立了一系列的新语义关系，也使它们获得了新可能特征。比喻关系的结构和性质使“粉笔”和“黑板”在新语义关系中与其他对象形成了暂时的同义手段，如“粉笔”与“白发苍苍的男人”“蜜蜂”，“黑板”与“姑娘乌黑的发丛”等。

(8)《一个农民工从脚手架上掉下来了》 田禾

一个农民工从脚手架上掉下来了
一个农民工从高高的脚手架上掉下来了
一双父母的儿子从高高的脚手架上掉下来了
一个女人的丈夫从高高的脚手架上掉下来了
两个孩子的父亲从高高的脚手架上掉下来了
农民工惨叫一声
突然有人惊叫一声
许多人跟着惊叫了一声
救护车也跟着惊叫了一声。尔后平静如初

农民工从高高的脚手架上消失了
从开着奔驰车的老板的工地上消失了
老板过来扫了一眼
命令手下的人用清水冲掉了地上的血迹
他的工地照样运行
他甩给三万块钱,醉醺醺地回家睡觉去了
与那个农民工睡得一样死

第一节诗的前五行形成了主语不同的诗行错综,而五个不同的主语实际上指的都是同一个对象,即“农民工”不同的身份角色。第六至第九行诗的主语错综则表现出不同人对同一事件的相同态度。第二节诗的前两行形成了状语不同的诗行错综,变化部分都是指“农民工”工作的地方。这三处错综包含了部分内容的反复和诗行的并列,共同凸显了“农民工”坠落、死亡的事实以及人们的震惊。其中，在第一节诗的前五行、第二节诗的前两行形成的错综中，变化的部分相互之间都构成了同义手段。诗人在第二节诗的最后两行中，利用“睡”和“死”在状态上的相似，将“老板”的醉后沉睡与“农民工”的死后长眠进行类比，而“死”的多义“达到极致”和“失去生命”，又使“睡得一样死”具有双关意味。诗人以一种反话正说的方式表现出对“老板”行为的讽刺和“对农民工”遭遇的同情。

(9)《弯曲》　第广龙

人一辈子
两头弯曲
出生前，死后
头和脚挨着

出生前在子宫里
是温暖的
死后在棺材里
是冰凉的

中间这一段，要舒展
却常常直不起腰
常常弯曲着
在有些岁月
弯曲得更严重

全诗共三节，分别从出生前、死后、活着三个阶段建立与“弯曲”有关的语义关系。在出生前和死后两个阶段中，人的身体分别与“子宫”和“棺材”产生联系，获得表示温度的可能特征[+温度适宜]和[+温度低]，此时的“弯曲”都指躯体弯曲的状态，即可能特征[+不直]。在活着的阶段，“常常直不起腰/常常弯曲着/在有些岁月/弯曲得更严重”。诗歌的内容从字面上可以理解为生活中也有弯腰、躯体弯曲的时候，但内里是以可能特征[+状态]作为相似性，使精神、尊严的受挫与躯体的弯曲之间形成暗喻，即“直不起腰”“弯曲”指的是人活着时尊严也常是“弯曲”的。新建语义关系使“尊严”从“弯曲”身上获得新可能特征[+不直]，也使“尊严”与“弯曲”暂时形成了同义手段。

从上述四例的分析可见，诗人在进行当代诗歌创作时灵活地使用各种修辞手段构建语义关系。同时，在具体的诗歌语境下，新语义关系也构成了不同对象之间的同义手段。与其他话语类型的修辞活动一样，当代诗歌也利用修辞手段构成语义关系并形成同义手段，但语义关系和同义手段的构成过程却不同。

在诗歌语义关系构成过程中，根据语义表达的需要，诗人一方面需要选择合适的对象参与语义关系构建，另一方面需要选择构成语义关系的修辞手段。前一个选择与当代诗歌的特征、表意方式息息相关，后一个选择涉及修辞手段的综合运用。两个选择共同影响着诗歌语义关系的表达效果，从中也可反映出当代诗歌修辞手段的运用特征。归纳和提炼修辞手段运用规律的前提是在当代诗歌的框架下对诗人经常使用的辞格进行充分描写和分类，尝试建立当代诗歌辞格系统。其中，“当代诗歌的框架”是指需要根据当代诗歌的特征和语义生成过程提出辞格分类的标准，才能使新建的辞格系统更能体现当代诗歌的特征。在把辞格分类、描写与一定数量的诗歌例子相结合进行分析后，才能进一步总结当代诗歌修辞手段的运用特征。

从利用修辞手段构成的语义关系中就有可能直接提取出同义手段，比如在利用比喻修辞手段构成的语义关系中，本体和喻体之间就形成了词语同义手段。修辞手段的应用本质上有助于形成同义手段，但在以篇章为基本单位的当代诗歌中，同义手段的构成不仅限于句子语义关系层面，它还会涉及不同语义关系、不同层次语义关系、跨语言单位对象之间的同义手段构成。当代诗歌的同义手段构成过程是复杂的，在没有可以直接描写同义手段构成程序的情况下，它的构成过程需要被转换为语义等值的过程，相关的语义学理论为语义等值过程的描写提供了描写的工具，而描写的步骤还需与当代诗歌的语义生成过程相结合。

当代诗歌修辞研究的根本目的是说明当代诗歌修辞活动的表达效果和修辞特征。对于语义关系的构成而言，修辞手段只是提供了一种生成语义关系的固定、能产模式。虽然它对表达效果有一定影响，但仅分析具体的修辞手段不可能发现一些规律性特征，规律性特征的归纳只能以大量现象描写为基础。所以，采用具体修辞手段描写与语料分析相结合的方法不仅能够服务于当代诗歌辞格系统的构建，修辞手段运用特征的归纳也需要借助这些诗歌语料所包含的语言现象。修辞手段运用特征能够更概括地说明当代诗歌修辞活动的表达效果和修辞特征。虽然同义手段的构成过程涉及修辞手段的使用，但更多的是如何从语义等值的角度描述一首当代诗歌各层次同义手段构成的过程，而同义手段形成的过程实际上也能反映出整个修辞活动如何在同义的表达手段之间进行。

第二章

当代诗歌辞格系统(上)

当代诗歌使用的大部分修辞手段都直接来自传统修辞学所描写的修辞手段,但当代诗歌的话语特征和修辞手段运用特征决定了当代诗歌应有单独的辞格分类标准和框架。同时,通过对具体诗歌例子进行分析,一方面表现当代诗歌运用修辞手段的过程;另一方面可对一些辞格的内涵进行重新解释,并发现、归纳出独属于当代诗歌的潜辞格。由于需要分析的修辞手段数量较多,所以本文将"当代诗歌辞格系统"的构成分作两章进行描述。

一、辞格分类标准

目前,对辞格进行分类的常见方式有:

其一,直接说明分类标准以及在这个标准之下能够找出的辞格之间的共同点,以共同点作为辞格大类的名称。各辞格大类之间是并列关系,各大类内部的辞格之间依据共同点而类聚,分析时主要着眼于对辞格自身的描写。这种分类方式突出了辞格大类之间的差别,但大类内部辞格之间的关系仍是模糊的,实际上只是对辞格进行基本区分。其二,在根据共同点对辞格进行大类区分之后,再根据辞格之间的派生原则发掘大类内部辞格之间的关联,体现辞格之间的关系。这样的辞格分类方式更详细、具体。

(一)辞格区分的基本关系

当代诗歌是能指形式和所指形式相结合的统一体,没有无形式的内容,也没有无内容的形式。能指形式和所指形式互为对方存在的前提条件,能指形式不直接表达意义,而所指形式的意义也必须以能指形式作为载体,两者离开对方则自身就不能存在。从当代诗歌构建语义关系实现表达效果角度看,诗人需要同时处理好能指形式和所指形式的选择,并平衡好两者之间的关系。能指形式与所指形式相互影响。能指形式不只是表示语音、结构的物质外壳,而是以此凸显和引起人们关注所指意义的显性形式。与此相对,所指形式的意义表征也往往能促使能指形式的变化。虽然当代诗歌的意义构成是能指形式和所指形式共同作用的结果,但这也并不妨碍人们暂时将能指形式、所指形式分开,把它们看作单独的个体进行分析。例如:

(1)《柏油路尽头》 劳淑珍

当年去中国。不认识几个字。一切很陌生。很有土气。
是好多年前。骑自行车。太阳真炎热。柏油路漆黑。
柏油路的尽头,金黄玉米田出现。周围很安静。也没有人。
就在我脚边,一片粪坑。被放在柏油路尽头。
那是我第一次看到粪坑。周围很安静。没有人。太阳炎热。
柏油路漆黑。玉米金黄。粪坑发出唯一的动静。在温暖深
　　褐色的粪便里
成千上万的小虫子快乐地奔腾。

在例(1)中,诗人在能指形式方面首先选择了以句号替代部分逗号,形成短句,并由多个短句构成一个诗行,使得诗歌的节奏显得短促。诗

歌前三行出现的“太阳真炎热。柏油路漆黑。”“柏油路的尽头”“周围很安静。也没有人。”，在第四至第六行又以不同顺序、不固定的位置重新出现。描写环境的内容反复出现，提示了诗歌前半部出现的“金黄玉米田”和后半部出现的“一片粪坑”之间的相对，但“粪坑”并不指向常见意义“污秽”“恶臭”等，而是将其与“小虫子快乐地奔腾”相连接。短句与诗句的反复使原本语义相反的内容在诗歌所指意义上保持一致，都指向一种陌生、新奇的感受。

(2)《返猪现象》 南人

有些问题
被问起来的时候
你不能回答是
也不能回答不是
只能支支吾吾
回答一个嗯字
可你一个劲儿的
嗯嗯嗯嗯嗯嗯嗯嗯
听着就像
猪在哼哼

诗歌在所指上要表现出人在回答时语焉不详、试图模糊带过的状态，因此诗人就在能指上利用大量重复“嗯”的方式，既表现出回答的状态，又形成一种声音效果。从摹声的角度看，大量重复“嗯”的效果与“猪”发出“哼哼”声音的效果相似，由此建立“人”与“猪”的比喻关系，以

“猪”喻“人”是对人的行为的讽刺。诗歌的所指形式需要表达的意味与能指形式的重复、摹声正好匹配。

(3)《月亮升起来(一)》　赵丽华

月亮升起来了
这个过程没有被我看到
我看到月亮的时候
它已经挂在那儿了

这首诗除了依靠分行的手段将诗句进行划分之外,它的能指形式没有改变汉语常规的线性序列,所指形式也并没有产生新的意义变化。能指形式和所指形式的结合并没有使诗歌产生新的意味,也几乎很难从这首诗中感受到诗性,它与日常话语的差异仅是分行带来的节奏变化。

当代诗歌话语在能指形式、所指形式层面都需要创造差异和变化,同时两者产生的变化可以互相影响对方,实现能指形式和所指形式的完美匹配。从当代诗歌的分析也可看出,诗人在能指形式层面和所指形式层面各有修辞手段选择,也就是说从使用层面的角度可以对修辞手段进行基本区分。能指形式层面使用的修辞手段侧重于在语音或音响形式、话语节奏、句法结构和视觉文字形式上对线性序列进行改变。所指形式层面使用的修辞手段侧重于在语义构成过程中实现语义变化。能指形式的修辞手段对线性序列的改变表现为直观的形式变化,而形式变化产生的意义通常被表述为某种效果,如常见的能指形式修辞手段反复、排比,都会产生强调或加强语气的效果。但在当代诗歌中直观的形式变化及其意义可以直接参与整体语义构造过程,与所指形式相结合。有的能指形式修辞手段在改变线性序列的基础上，提供了新的选择对象直接参与语义关系对象构建，或是线性序列的改变为语义变化留出了空间。在改变线性序列和产生语义变化之间，能指形式的变化是首要的，所以将这些修辞手段归入能指形式层面。所指形式的修辞手段也有自己的辞格形式要求，它通常与意义构成的过程相融合。

（二）辞格类聚原则

对辞格进行分类，实际上就是构成不同层级的辞格类聚、聚合体。同属于一个聚合体内的辞格，相互之间既有相同的部分也有不同的部分，相同的部分使它们类聚，而不同的部分造成差异，也是它们各自独立存在的基础。辞格之间相同的部分具有普遍性和稳定性，可以将这部分内容看作辞格聚合体的零度，而辞格之间具有差异的部分是围绕着零度发生的偏离，无论偏离的程度有多大，它始终与零度的基本形式有关联。所以，辞格之间因具有相同的零度因素而类聚，又因在零度的基础上可产生不同的偏离因素而各自成为独立辞格，其中零度因素也可以被提炼出来作为聚合体的名称。辞格之间的零度和偏离关系还体现在辞格分类的层次性上。不同层次的辞格聚合体生成的背后是零度和偏离关系的继续分化，即上一层次的偏离形式可以作为下一层次的零度形式，并在此基础上产生新的偏离形式。围绕不同层次的零度还可以派生出二度偏离。随着零度和偏离关系在不同层次的辞格聚合体之间进行运作，由此可形成层次清晰的辞格系统。在同一个辞格聚合体内，不同辞格之间也可能存在零度和偏离的关系，具体可表现为其中一个辞格具有零度属性。它的辞格结构包含了该聚合体内所有辞格的共同点，而其余辞格的结构皆是在此基础上产生不同变化的结果。同一辞格聚合体内的零度和偏离关系会导致辞格之间存在零度辞格和偏离辞格。零度和偏离的关系在纵向构成的不同层次辞格聚合体内、横向构成的同一辞格聚合体内影响着辞格的分类，这组关系就是构成辞格聚合体的类聚原则。

在对当代诗歌的辞格进行能指形式层面和所指形式层面的基本区分后，它们既是下一层次聚合体的名称，也是该聚合体内辞格的零度因素。在能指形式层面，利用修辞手段使当代诗歌的能指形式产生有别于日常话语能指形式的变化，并且使新的能指形式对所指形式的表达产生影响，同时参与语义关系的构建。具体表现为围绕诗歌话语的能指形式在语音、结构和能指形式混合三方面对修辞手段进行划分，即利用修辞手段使音响形象之间产生新联系，使诗歌话语的线性序列发生变化，混合不同文体或文本的能指形式构成新的能指形式。这三个方面是能指形式层面上的三个偏离方向，它们也是下一个层次辞格聚合体的零度因素，围绕着这三个方面的零度因素可以再次划分出具有不同偏离因素的修辞手段。

在所指形式层面，利用修辞手段构成语义关系的过程也离不开一般的话语语义推进方式。罗曼·雅各布森（Roman Jakobson）在讨论语言运作方式时提出："话语的发展可以沿两种不同的语义路线（semantic lines）进行，一个话语是通过相似性或毗连性关系导向另一话题的。"①以"棚屋"作为刺激源，一种情况是与"棚屋"产生关联的聚合空间内的对象皆可替换掉它，两者之间具有相同或相反的语义相似性；另一种情况是与"棚屋"产生关联的聚合空间内的对象都与它有相关关系，两者之间具有语义邻近性。也就是说，相似性和邻近性是连接不同对象、构成语义关系的基础。"正如相似关系是一种认知关系而不是语义关系一样，接近

① [俄—美]罗曼·雅各布森.语言的两个面向与两种失语症[A].杨乃乔主编.比较诗学读本（西方卷）[C].北京：首都师范大学出版社，2014：26.

关系也不是语义关系。”[①]刘大为认为如“杯子”和“瓶子”、“司机”和“汽车”之间并非直接产生相似关系或接近关系，而是因为两个词语之间重合性地共享某些语义特征或榫接性地共享某些语义特征，才形成语义上的相似关系和接近关系。由于人们对词语之间的关系的认知与它们之间具有的语义特征具有一致性，所以可以从语义特征分析角度说明人们的认知过程。刘大为利用语义特征分析的方法说明认知性辞格如何构成语义关系的过程，并且突出了语义关系的构成使“原本的不可能特征转而成为新可能特征”的过程，以此说明新建的语义关系如何改变了人们的常规认知。这种描写方法同样可以用来说明当代诗歌话语如何利用修辞手段形成具有创造性的语义关系。无论是雅各布森将相似性关系和邻近性关系放置于语义运作过程中进行讨论，还是刘大为从语义分析角度说明认知性辞格可以使词语之间具有相似性关系和邻近性关系，都能说明语义关系的组构需要依靠相似性和邻近性关系。由此可见，使用所指形式层面修辞手段构建语义关系的过程必然会涉及对象之间存在的相似性关系和邻近性关系，造成对象之间具有相似性或邻近性关系的原因可能是修辞手段的结构要求参与语义关系构建的对象之间具有这样的语义特征。因此，所指形式层面的修辞手段也应具有相似性特征或邻近性特征，这两个特征也可以作为所指形式层面辞格分类的零度因素，以此分别构成不同的辞格聚合体。除了具有相似性特征或邻近性特征外，所指形式层面的有些修辞手段可以从相似性和邻近性两个角度构成语义关系，即以两者混合作为零度因素，构成辞格聚合体。所指形式层面的三个偏离方向，也是下一个层次辞格聚合体的零度因素，分别表现为辞格构成语义关系时利用的语义关系特征，即相似性关系、邻近性

① 刘大为.比喻、近喻与自喻：辞格的认知性研究[M].上海：上海教育出版社，2001：108.

关系、相似性和邻近性混合。围绕着这三方面的零度因素,可以对在此基础上具有不同偏离因素的修辞手段进行分类。

以能指形式层面和所指形式层面构成的辞格分类的基本区分是针对当代诗歌的语义关系生成特征采取的分类视角,而零度和偏离关系构成的辞格类聚原则则会贯穿每一层次辞格聚合体的构成并继续分化出下一层次的过程。能指形式层面和所指形式层面的区分已经表现出一种偏离选择,而从这两个角度延伸进行继续分化的过程就能体现偏离转为零度再产生偏离的过程。对于当代诗歌的修辞系统而言,横向视角下划分出的同一层次辞格聚合体之间都是上一层次零度形式的偏离,纵向视角下划分和生成的辞格聚合体之间不断表现出零度和偏离形式的转化。

二、能指形式层面的修辞手段

在能指形式层面,使音响形象之间产生新联系的修辞手段都与声音要素有关,它们共同构成声音聚合体;改变话语结构线性序列的修辞手段都与结构要素有关,它们共同构成结构聚合体;通过选择不同文体、文本的元素共同构成新能指形式的修辞手段都表现出元素混合的共同特点,它们共同构成能指形式元素混合聚合体。

(一)声音聚合体

声音是语言的物质外壳,在言语交际活动中人们通过听到对方说话的声音接收到信息。在当代诗歌中,诗人的遣词造句包括对声音材料的考量,无论是通过朗读的形式抑或是阅读的形式,诗歌中音响形式的组合和变化都可以被读者直接感受到。选择恰当、精妙的音响形式组合既可以让诗歌读起来朗朗上口、节奏鲜明,也可以借由新的音响形式组合产生新的语义关系。在当代诗歌中,诗人可以利用摹声、谐音和押韵三种修辞手段构成新的音响形式组合,然后再以新的音响形式组合为基础构成新的语义关系,并且使诗歌的声音具有节奏的变化。

1.摹声

摹声是对客观世界的声音的模仿,由此而形成的词语称为象声词。"象声词是客观世界的声音所固有的节律和一种语言所特有的语言特点相结合的产物。"[1]当代诗歌使用摹声修辞手段,就是直接以象声词描写某种声音或产生这个声音的行为。摹声是对声音形象进行直接描写的手段。例如:

(4)《喷嚏人生》 韩东

嘴张开
吸一口大气
等待着那股动力
但是没有

嘴张开
再吸一口大气
等待着那股动力
说着就来了

啊嚏

① 王希杰.汉语修辞学(修订本)[M].北京:商务印书馆,2004:163.

有时候是

啊嚏
啊嚏
啊嚏

或者

啊嚏啊嚏啊嚏

但不是
三股动力
而是一股

诗歌的第一、第二节描述了打喷嚏发生之前人的感受和表现,为出现象声词"啊嚏"进行铺垫。诗人选择"啊嚏"一词模拟打喷嚏时发出的声音,并围绕这个词语构成"啊嚏""啊嚏/啊嚏/啊嚏""啊嚏啊嚏啊嚏"三种能指形式。象声词的三种能指形式组合方式体现不同的动作状态。"啊嚏"表示突然打喷嚏。"啊嚏"的分行并列表现连续动作中伴有停顿,指向"三股动力"。"啊嚏"的三次连续反复表现动作的急促和连贯,指向"一股动力"。诗歌通过象声词的模仿及其能指形式的变化直接对应和呈现了打喷嚏过程中的不同细节,诗歌标题"喷嚏人生"又暗示了打喷嚏的过程与人生之间的比喻关系。

(5)《滴答》 谢湘南

这是一个雨点滴在铁皮屋顶上的声音
滴答 滴答
这是接着的两个雨点
滴在铁皮屋顶上的声音
滴答 滴答 滴答
这是持续的声音
越来越快的声音

我披起衣服走到屋外
站了站 外面并没有下雨
我折回屋又躺在床上

滴答
哦,这是秒针的声音
滴答 滴答
这是秒针连续走了两下的声音
滴答 滴答 滴答
我拉亮电灯
瞪着墙上的电子钟看着
秒针 分针 时针
纹丝不动
钟在半个月前就坏了
我拉灭灯

又睡下

滴答

滴答　滴答

滴答滴答滴答

哦,这是胃里一只老鼠拖着铁夹逃跑的声音

这是心脏里抽血机抽血的声音

这是脑袋里两颗钉子吵架亲嘴的声音

我用胶纸封住嘴巴

用手死命地按住心脏

用一把夹子

夹住自己的脑袋

直到我

……睡着为止

这首诗以象声词"滴答"分别模拟客观世界存在的雨点落下、指针走动的声音,再将"滴答"与不可能直接发出声音的器官运作过程——胃肠蠕动、心脏跳动、大脑思考进行类比。与通常一个象声词只模拟一个对象的一种声音不同,诗人构建了同一个象声词模拟不同对象、动态声音的关系。诗人围绕"滴答"建立了不同的象声词组合方式,"滴答""滴答　滴答""滴答　滴答　滴答""滴答滴答滴答",它们或是单用或是形成反复。不同的象声词组合方式能够体现出不同的声音节奏变化,比如单用"滴答"表现出的短促,在"滴答"的反复中插入空格形成有规律的节奏,而不间断的"滴答"反复则表现出急促的节奏。在最后一节诗中,"滴答”作为本体，与形成比喻关系的喻体再构成比喻关系，使音响形象获得了新可能特征。

(6)《造船厂》　盘妙彬

造船厂看上去像一座钟
当，当，它在造江河，当，当，它在造大海
铁打着铁
远，再远，听到蓝色打着蓝色

一座乡村工厂
在河洲上，流水的中间，它就是一座钟，当当，当
人们侧耳听
有人听到一条船，几个人听到一条江河，一个人听到一座大海
更多的人听到还是铁板一块

光阴的原理，流水的结构
知之者甚少

它看上去孤独
在我看来
其实是我十七岁的孤独，迷茫，执着，在时间里继续成长
光阴不停流逝，铁的声音不断传出，当当，当
一座大海造出来
往往是造船厂的蓝色屋顶会打开，然后上帝回答

听不到钟声

唯闻心跳,当当,当,它会生病,它会老

诗人以象声词"当"的反复和由此表现出的节奏变化模拟钟声、打铁的声音以及心脏跳动的声音。在这首诗中,每一次象声词的出现都紧跟在它所指代的对象之后,如"钟"的声音"当,当"或"当当,当","铁"的声音"当当,当","心跳"的声音"当当,当"。象声词的出现迅速将人们的感受从视觉转换和集中到听觉上。诗人对"造船厂"的描述也就不再拘泥于建筑物本身以及"造船厂"原有的功能,而是赋予其新的可能特征。

(7)《结结巴巴》　伊沙

结结巴巴我的嘴

二二二等残废

咬不住我狂狂狂奔的思维

还有我的腿

你们四处流流流淌的口水

散着霉味

我我我的肺

多么劳累

我要突突突围

你们莫莫莫名其妙
的节奏
亟待突围

我我我的
我的机枪点点点射般
的语言
充满快慰

结结巴巴我的命
我的命里没没没有鬼
你们瞧瞧瞧我
一脸无所谓

在这首诗中，如“二二二等残废”“狂狂狂奔的思维”“流流流淌的口水”“我我我的肺”等，都是诗人摹声的结果。它们都是以重叠一个词语或短语中首字的方式构成能指形式，并且这些能指形式基本出现在诗节的开头或中间部分。虽然字的重叠没有具体指代，但从声音效果上看这些能指形式模拟出了口吃者的说话状态，以声音效果和特征构成一个口吃者结结巴巴的形象。在这首诗中，摹声产生的修辞效果直接与所指意义即人物形象相关，也以此直接参与语义关系的构建。

当代诗歌对摹声修辞手段的运用表现为两种方式，例(4)、例(5)、例(6)中出现的象声词或以象声词构成的诗句都是对客观事物、现象发出的声音进行直接模拟，例(7)并不是对某种声音进行模拟，而是模拟某种声音产生的效果和感觉。诗人用象声词以及围绕象声词构成的不同能指形式组合表现声音的动态变化过程,摹声的象声词本身也具有意义,所以诗人还可利用象声词与其他对象共同构成诗歌的语义关系。

2.谐音

谐音修辞手段就是语言使用者利用汉语存在大量同音字、同音词的情况,选择将同音对象置于同一修辞活动中。谐音就是通过对同音现象的积极开发和利用提高表达效果。例如:

(8)《梅花:一首失败的抒情诗》　伊沙

我也操着娘娘腔
写一首抒情诗啊
就写那冬天不要命的梅花吧

想象力不发达
就得学会观察
裹紧大衣到户外
我发现:梅花开在树上
丑陋不堪的老树
没法入诗　那么
诗人的梅
全开在空中
怀着深深的疑虑
闷头向前走

其实我也是装模作样
此诗已写到该升华的关头
像所有不要脸的诗人那样
我伸出了一只手
梅花　梅花
啐我一脸梅毒

诗人选择了以“梅”组成的两个词语“梅花”和“梅毒”构成能指形式的谐音关系。其中，“梅花”具有两层相反的语义内涵，一层是作为汉语诗歌中常见抒情对象的“梅花”，它包含着不畏严寒、品行高洁等美好特征；另一层则指向“梅花”的本义植物和不好看的特征。而谐音关系使“梅花”与“梅毒”之间从具有语音邻近性转向语义邻近性，“梅毒”的负面特征解构了“梅花”的文化内涵，转而凸显了“梅花”的本义。

(9)《肾斗士》　伊沙

1
那个两度换肾
又进了两个球的
克罗地亚球员
在中国的媒体上
被唤作“肾斗士”

哦！伟大的汉语
一次性地展示了

它非凡的消化力和创造力
不单单存在于古代的典籍

2
肾斗士
带着父亲的肾脏
满场飞奔
身上奔涌着
父辈的血液

我不了解克罗地亚——
这个独立未久的前南国家
但又像是了解了——
它有一个肾形的灵魂

诗歌第一部分第一节将换肾的球员称作“肾斗士”,这与未出现的词语“圣斗士”之间构成谐音关系。“肾斗士”一词是利用谐音构成的新词,并使新词在语义上获得了旧词“圣斗士”的可能特征[+勇敢][+斗争]。对“肾”同音同字的开发,还使诗歌出现了“肾脏”,以及经过比喻关系后指代国家的短语“肾形的灵魂”,后一短语同样具有“肾斗士”的可能特征。诗歌围绕肾构成一系列语义关系,肾从表示器官到描述一个人的品质,最后从一个人的勇敢品质中折射出一个国家的气质。

(10)《有一个人他自己还记不记得他是谁》 侯马

有一个人
不知道死了还是活着
这个人我连见都没见过
我听我哥讲有这么一个人
东杨村里有这么一个人
贾老四
实际上他不姓贾
也不叫老四
老四死了
老四的遗孀又嫁了一个男人
村里人说他是假老四
就这么叫了他一辈子
贾老四

诗歌描述了“贾老四”名字的由来,并指出这个人是“假老四”,“贾”与“假”因同音不同字而产生谐音。“贾老四”和“假老四”指的是同一个人,其中“假”强调了虚假,被称作“贾老四”的人实际上是假的“贾老四”。名字本身代表了一种自我认知,两个称呼和它们所指称的人之间看似对应,实则谐音关系已经指出其中的错位。

(11)《你必须记住你爹的家乡》 沈浩波

家乡的方言
土得掉渣

比如"东西"

我们那儿读"搞子"

"去,把那搞子拿来"

"这搞子真漂亮"

"你是个什么搞子"

从我家往西

十公里外

就不读"搞子"

舌头卷起来——"搞吱"

太难听了

多年之后

读了汉语言专业的我

才突然发现

"搞子"一词

竟是古语

日出东方为"杲"

日落西方为"昃"

东西东西

杲昃杲昃

我将这妙词

送给刚出生的儿子

做了他的乳名

我的儿子

有一天

当你回到你爹的家乡
你才会知道
这个充满文化的名字
是多么的土
沈杲昃
沈杲昃
读出来就是
“什么玩意儿”
的意思

普通话的“东西”(dōng xī)在语义上对应方言的“搞子”“搞吱”,“搞子”在语音上又与古汉语“杲昃”形成谐音。在语义上,“杲”表示光明、明亮;“昃”表示太阳偏西,“东方”有光明、明亮之义;“杲”指“东”,“昃”指“西”,将“杲昃”拆分释义再重新组合又恰好是表示方向的“东西”(dōng xī)。在这首诗中,借助“搞子”和“杲昃”的谐音关系以及“东西”的同形异义,重新构成“搞子”和“杲昃”在语义上的重合,最终形成了“沈杲昃”表示“什么玩意儿”的语义关系。词语之间的谐音关系成为搭建语义重合、建立新语义关系的前提。

诗人可以在包含同一个字的词语之间或具有同音字的词语之间构成谐音关系。谐音修辞手段的运用使原本没有关联的词语相互之间产生了新的联系,词语之间在能指形式上具有了语音邻近性,并以此为基础为建立词语之间新的语义关系提供了可能性。

3.押韵

在句末或行尾处有规律地交替使用包含相同或相近韵母音节的字,就是押韵。古典诗歌在能指形式上的押韵是约定俗成的,押韵也使诗行之间产生声音的回环往复。当代诗歌摆脱了押韵束缚,诗歌中是否出现押韵以及押韵出现的形式是诗人自主选择的结果。例如:

(12)《致太阳》　多多

给我们家庭,给我们格言
你让所有的孩子骑上父亲肩膀
给我们光明,给我们羞愧
你让狗跟在诗人后面流浪

给我们时间,让我们劳动
你在黑夜中长睡,枕着我们的希望
给我们洗礼,让我们信仰
我们在你的祝福下,出生然后死亡

查看和平的梦境、笑脸
你是上帝的大臣
没收人间的贪婪、嫉妒
你是灵魂的君王

热爱名誉,你鼓励我们勇敢
抚摸每个人的头,你尊重平凡

你创造，从东方升起
你不自由，像一枚四海通用的钱！

在这首诗中，前两节诗使用相同的句子结构，每两行诗构成一个完整句，句末的“膀”“浪”“望”“亡”韵母都是ang。从诗行角度看，单数诗行不押韵、双数诗行押韵，形成隔行韵。第三节第四行句末的“王”，韵母也是ang，诗歌在此处重新回归ang韵。进入第四节，诗人选择了换韵，第一、二、四行诗歌以an韵结尾。ang韵、an韵属于开口呼，发音时嘴张大，声音也较为洪亮，这与“致太阳”的主题相符。同时，诗歌押韵采用的是隔行韵和相近韵母之间的换韵，两种方式使得押韵产生的声音效果并不单调。

(13)《手艺》　多多

我写青春沦落的诗
(写不贞的诗)
写在窄长的房间中
被诗人奸污
被咖啡馆辞退街头的诗
我那冷漠的
再无怨恨的诗
(本身就是一个故事)
我那没有人读的诗
正如一个故事的历史
我那失去骄傲

失去爱情的
(我那贵族的诗)
她,终会被农民娶走
她,就是我荒废的时日……

该诗共有十五行,其中有六行诗皆以“诗”作为诗行末尾的中心语,“诗”字以-i韵作为韵脚。除此之外,第八行的“故事”、第十行的“历史”、最后一行的“时日”也都以-i韵作为韵脚。也就是说,在这首诗歌中大部分的诗行都以-i韵作为韵脚。虽然押韵的出现并没有明显的规律,但大部分被放置在诗行末尾的中心语的韵尾都是-i韵,才形成这首诗大体上对同一个韵脚的押韵。

由于当代诗歌在能指形式上可以自由地分行断句,诗行字数也不统一,所以韵脚的出现很有可能是不规律的。不规律的韵脚能使诗歌产生错落感,规律的韵脚能使诗歌获得统一的节奏感。

(二)结构聚合体

当代诗歌以诗行作为基本句法单位,由诗行构成的诗句实际上是一种音句。诗歌的音句可以是语法结构完整的语法句,也可以因分行的存在,仅由一个词、一个短语或一个语法成分构成,然后再由数个音句构成一个完整的语法句。由音句构成的诗行,不一定遵守一般话语的线性特征,而不同的句式选择以及使用改变能指形式的修辞手段都会影响诗句的构成,使诗句形成新的能指形式。这些改变诗行线性特征、影响诗行结构的能指形式修辞手段共同构成结构聚合体。

1.句式选择

除极少数个例外,以语篇形式呈现的当代诗歌是由多个音句构成的统一整体。诗歌音句不是孤立的个体，而是诗歌统一整体中的一部分。诗人自由选择每个音句的句式，不同的句式选择会产生不同的音句结构，也即诗行不同的能指形式。

①整句和散句

根据一首诗所有音句之间的结构关系，判断这首诗的音句是整句或是散句。音句之间的句子结构、内容具有明显的相同相似，即为整句；音句之间的句子结构不同，音句长短不一，也没有相同的词语，即为散句。例如：

(14)《和平鸽》 孙晓杰

你能在战争的履带前惊飞
就叫你和平

你能在炸弹的嘶鸣声里低声咕哝
就叫你和平

你能把血腥的记忆羽化成雪白
就叫你和平

你能被随意地宰杀
就叫你和平

全诗共四节，每节由两个诗行构成一个完整句。四节诗都采用“你能……/就叫你和平”的句子结构，其中变换的部分主要描写鸽子的状态、情况,变换部分作为解释的内容定义了“和平”。四组以鸽子的特征定义“和平”的语义关系因采用相同的句子结构,使语义关系之间具有相同的内容,因此在诗节之间形成整句。

(15)《一切》　北岛

一切都是命运
一切都是烟云
一切都是没有结局的开始
一切都是稍纵即逝的追寻
一切欢乐都没有微笑
一切苦难都没有泪痕
一切语言都是重复
一切交往都是初逢
一切爱情都在心里
一切往事都在梦中
一切希望都带着注释
一切信仰都带着呻吟
一切爆发都有片刻的宁静
一切死亡都有冗长的回声

诗句以肯定形式“一切都是……”或“一切……都是……”以及否定形式“一切……都没有……”为基础建立语义关系。虽然句子结构稍有变化,并且前后诗行在内容上没有明显的语义关联,但使用同一句子结构的诗行字数一致,每行诗都以“一切”作为开头。诗句之间的相似之处较多说明了诗句之间形成了整句。

(16)《夜行》 朵渔

手心冰凉。真想哭,真想爱。

——托尔斯泰1896年圣诞日记

夜被倒空了
遍地野生的制度
一只羊在默默吃雪

我看到一张周游世界的脸
一个集礼义廉耻于一身的人
生活在甲乙丙丁四个角色里

我们依然没有绝望
盲人将盲杖赐予路人
最寒冷的茅舍里也有暖人心的宴席

这首诗选择不同的句子结构构成语义关系进行叙述,并且根据语气变化进行分行断句,形成长短不一的诗行。诗句之间句子结构多变,没有采用相似的句子结构和内容的反复,这说明整首诗是以散句的形式构成的。

(17)《有时》 顾城

有时祖国只是一个

巨大的鸟巢
松疏的北方枝条
把我环绕
使我看见太阳
把爱装满我的篮子
使我喜爱阳光的羽毛

我们在掌心睡着
像小鸟那样
相互做梦
四下是蓝空气
秋天
黄叶飘飘

诗歌根据语气节奏和语义表达的需要,将完整句拆分成数个诗行,音句可能是句子中的某个语法成分,也可能是在句子停顿处断句形成的,这种分行断句方式使得诗歌音句长短不一。再加上诗歌并没有选择以相同的句子结构建立语义关系,所以诗句之间是散句。

整句在能指形式上表现出的相似、相同,也会凸显诗歌语义上的关联和等值,使语义更集中。但在一首诗中相似结构和相同要素的反复,会使诗歌缺少变化,容易陷入呆板和惯性。散句采取句子结构变化和音句长短变化的方式构成诗歌,会使诗行之间显得松散,语义关系之间关联较弱。但表面上的弱关联是诗人有意为之的选择,诗句之间的内在联系并不受结构松散的影响。

②长句和短句

句子的长与短没有明确的界定,长句和短句也是相对概念。通常而言,长句语义内容、句子结构更复杂,短句结构简单、短小精悍。由于当代诗歌不受约定俗成的语法规则束缚以及具有分行的特性,诗人可以自由选择构建长句诗行或短句诗行。例如:

(18)《蛛丝迹:想念》　刘洁岷

有没有这样一个人你不想念她但知道她在想念你
有没有这样一个人你忘了他却突然来到你的想念里
坐在轮椅上的想念与站在码头上的想念以及
惊魂未定驾驶坦克车残暴地开火时的想念
你想念的人会不会升起在腾格里沙漠的景色中
你想念的时候周围的卡拉OK也在对唱着想念
我不知羞耻的想念和可能导致你犯罪的想念
你想念的一个人有没有可能是漫画中的一个小动物
你想念的人是否就像你讨厌的人那样跳到你面前让你想念
会不会你想念一个人抛开一切去找到她的时候发觉想念的是别人
你想念的人很陌生而且在你的附近观察着你吓了你一跳
我在钓鱼的时刻想念你把池塘里的鱼都钓光了
你想念的人里至少不包括我想念的人
我越是想念一个人注意力就越是集中或不集中
我仰望着想念时飞鸟的眼珠正注意到了她
你想念时发出嗡嗡声我想念时就是嘶嘶嘶的
你没有提起过他,他是你想念的人

在这首诗中,诗人选择以不加标点符号的完整句直接构成诗行,同时,完整句内的某些语法成分较为复杂也进一步延长了诗行长度。例如,第十行是全诗最长的诗行,这一诗行包含一个内容复杂的状语成分,即"你想念一个人抛开一切去找到她的时候",这个状语成分内部仍可被继续切分,所以诗行的长度明显长于一般的诗歌诗行。又如诗歌第七行以两个复杂名词短语的并列构成,诗行因并列的语法关系和较长的定语成分而成为长句。

(19)《火车上》　王林燕

对床男人已入睡
普通　中年　打鼾
我躺下
调整角度和姿势
不让他看见胸部
不让他想象曲线
不让他听见气息
我把"女"藏起来
只留个"人"
躺在他近旁

这首诗的诗行既没有过多的修饰成分,也没有复杂的句子结构。诗人利用分行的手段在语音停顿的地方进行断句形成短句诗行,如诗歌的最后三行;或者在句法成分后进行分行断句,如诗歌第三行和第四行就是在一个完整连动句的第一个动词后进行断句才形成的两个短句诗行。将并列成分单独构成一个诗行也是形成短句诗行的方式，如诗歌的第五至第七行。

(20)《伊金霍洛旗草原上的月亮》 马行

野草望你，一池清水
荡漾
小熊望你，一坛蜂蜜
黏稠

一个伊金霍洛旗草原望你，南西北东，四维上下，一琴无声
一灯虚空

在例(20)中，相对较长的诗句是第二节的第一行，它由一个主谓宾结构的句子和三个并列的四字短语共同构成。其余诗行皆是短句诗行。第一节诗由两组语法结构相同的语义关系构成，第一行和第二行、第三行和第四行都是由一个主谓宾结构的句子和一个主谓结构的句子组合而成，后一个主谓结构中谓语部分单独构成双数诗行。第二节诗的第二行也仅由一个短语构成。在长句和短句是相对概念的情况下，修饰成分和并列成分越多，句子结构越复杂，诗行是长句的可能性越大；成分越简单或者以某个语法成分单独成行，诗行是短句诗行的可能性越大。

(21)《尊德堂》 杨键

很多年前，

我就在祭祀的路上。
我不是迷失了,
而是被驱赶了。
礼器失落了大半,
尊德堂没了,
那儿的松树过于苍老。
我用尽所有力气。
你还是亡了。
一路上浓重的牺牲的气味压得我喘不过气,
我看见桥洞下一缕余晖如同受难者的嘴唇,
我爱这余晖,爱这缠绵悱恻的荒草。
我在新事物里
奄奄一息。
而我沦落的眼神里
依然有一种孤而直的古柏风度,
我被迫
放弃永生,
只有我这样的忠贞
才敢于倒在这样荒寒的乡野,
只有我这样威武的狮子才敢于倒在这样寂然无声的水面。

在这首诗中,诗人一方面在逗号后进行分行断句,将一个完整句拆分成数个独立诗行。若被拆分的部分结构和内容较简单,则成为短句诗行,反之则成为长句诗行。另一方面,内容短小的完整句单独一行是短句诗行,而不进行分行断句,直接以结构、内容复杂的完整句作为诗行的,则更有可能是长句诗行。诗人根据语义表达、语气和节奏的变化,组合和排列诗歌中的短句诗行和长句诗行,使全诗形成长短交错的诗行结构。

当代诗歌通过分行的手段在语音停顿处进行断句形成诗行,当这些诗行由内容简练的词、短语、短句或某个句法成分单独构成时,则形成短句诗行。当诗行由包含众多修饰成分、并列成分且语法结构复杂的内容构成时,则形成长句诗行。全诗可以仅由短句或长句构成,又或者由长句和短句交替的方式构成,长句使诗歌节奏显得略微缓慢,短句使诗歌节奏显得更为急促,而长句和短句的交替使用则使诗歌节奏在缓和急之间充满变化。

③设问句和反问句

问句本与陈述句相对,除疑问句外,设问句和反问句是使用了修辞手段的问句形式。设问是提出问题,自问自答,提问部分能够引起读者的注意。反问可以没有明确的答句,但在问句中已经包含了反问者的答案和态度。例如:

(22)《诊断书》 颜艾琳

〈问〉

"等待是什么滋味?"

"你怕死亡吗?"

"孤独怎样呈现它的状态?"

"眼泪的定义?"

"你认为自己非常人?"

〈答〉

“等着摇摇晃晃的布丁

化成发霉的毒汁,叫等待。”

“死亡不是用来害怕的,

而是一生的果实 落下。”

“以爱快递给那人

那人却说,收到的是伤心。”

“笑着的脸,一秒中崩溃。”

“我认为以上是正常的,

在在平凡的忧郁症。”

标题“诊断书”暗示了这首诗仿拟了医生诊断时一问一答的场景,但本质上是一个人的自问自答式设问。诗人将设问的“问”与“答”分成两个独立的诗歌片段,并各起标题。在问与答的关系之中,诗人以问句的能指形式意在凸显语义焦点,“答”的部分是以答句的能指形式围绕问句的核心对象建立新的语义关系。

(23)《骨头》　余幼幼

人体有206块骨头

是不是每一块都有名字

可以感受到它的存在

是不是每一块都潜入过

别人的梦境或身体

率领它们去闯荡
与命令它们折返的
是哪一块呢
悲伤的那一块
和高兴的那一块
相隔有多少距离呢
成为女人的那一块跟
成为母亲的那一块
是否是同一块呢

比起我们拥有相同的骨头
却不能拥抱的事实
我的疑问
还远远不够多

诗歌第一节的两个问句都是问而不答的设问,第二节的两个问句则是自问自答的设问。在这些设问中,无论是问句还是答句都体现了“骨头”的新可能特征。接连构成的设问句式也使得诗歌语义在环环相扣中得到推进。

(24)《弄脏了的脸》　林亨泰

你说脸孔是在白天的工作弄脏了吗?
不,该说:是晚间睡眠时才会弄得那么的脏。

因为,每一个人早晨一起来,什么事都不做,
所忙碌的只是赶快到盥洗室洗脸——。

当然啦,他们之所以不得不赶紧洗脸,
不只为了害羞让人看到自己有一副丑脸,
更是为了他们因为在昨日一段漫长黑夜中,
竟能安然熟睡——这不能说是可耻的吗?

在一夜之中,世界已改样,一切都变了。
今晨,窗槛上不是积存了比昨日更多的尘埃?
通往明日之路,不也到处塌陷显得更多不平?
这一切岂不是都在那一段熟睡中发生了的?

第一节第一行的提问与剩余三行内容共同构成设问。由于答语否定了问句的内容,所以在设问中得到凸显的不是问句内容而是答句内容。第二节第四行以及第三节的第二、第三、第四行都是反问句,它们都以疑问的形式表示对内容的肯定。相比于平铺直叙的陈述句,反问句更能强调和突出句子所表达的确定意义。

诗歌在使用设问修辞手段时,问句既使人们关注它所凸显的内容,也作为凸显答句内容的铺垫。若无问的存在,答也只是一个普通的陈述句。反问句实际上是以问句形式表达确定的内容,以区别于直接表示肯定或否定的陈述句。在表达同一内容时,陈述句和反问句可构成同义手段,但反问句表达的语气更为强烈。

④倒装句

为了使语义表达的重点部分得到凸显和强调，诗人通过改动句子的正常语序，形成倒装句。例如：

(25)《在公园》 纪弦

三岁的孩子在公园，
如小鱼游泳在大海。

他张着眼睛看，在萌芽的广袤的草地上，
如此迷茫，生疏，惊异而喜悦地。

他跑跑。他跳跳。他爬爬。
幼小的心脏发育着。幼小的心灵发展着。

他向一个正在学步中的比他小些的女孩招招手。
于是两个不相识的母亲，两个不相识的父亲都
微笑了。

诗歌第一节两行诗共同构成了一组比喻关系，本体、喻体诗行都将表示地点的状语后置，两行诗之间形成状语后置的对称。在第二节诗构成的语义关系中，诗人分别将表示地点的状语“在萌芽的广袤的草地上”和表示状态的状语“如此迷茫，生疏，惊异而喜悦地”后置。地点状语后置有强调作用，表示状态的状语后置则显得意味深长。

(26)《鱼儿三部曲》(节选)　食指

它是怎样猛烈地弹跃啊
为了不失去自由的呼吸
它是怎样疯狂地反扑啊
为了不失去鱼群的利益

节选部分的四行诗构成两组表示目的和假设关系的复句。诗人将其中表示目的的偏句“为了不失去自由的呼吸”和“为了不失去鱼群的利益”放在后面,突出强调了“鱼儿”跳跃和挣扎的状态。两组复句形成偏正倒置的目的副句倒装。

(27)《父亲一天天好起来》(节选)　李木马

“瞅瞅　这不一天天好起来了……”
病房　走廊　打水的楼梯上
我想跟床单药瓶注射器体温计毛巾暖瓶饭盒们说

诗歌将对话过程中动词“说”涉及的宾语,即说的内容放在状语和主语之前,形成宾语前置的倒装句。宾语的内容包含着对话的重点信息,将它前置能起到突出和强调的作用以及表现“我”急切地想要分享这个重要信息的心情。诗歌中被后置的状语和主语部分包含着许多并列成分和信息内容,如果使用正常语序,那么说的内容很容易被模糊。

在诗歌中构建倒装句,将需要凸显的内容置于句首,能够让读者更快、更直接接收到诗人想要强调的内容。倒装句的前置内容和后置内容之间的语序调换,是对正常汉语句法顺序的偏离。

2.改变能指形式的修辞手段

通过使用修辞手段，当代诗歌的能指形式可以产生各种不同的变化。这些能指形式的变化也代表着诗人试图弱化和改变原本的线性特征，以偏离常规的能指形式构成当代诗。同时，能指形式的变化还意在更好地服务于所指形式的表达，即通过能指形式的变化实现某种语义效果或为所指形式的构成提供元素。

①反复

反复是当代诗歌改变能指形式时常用的修辞手段，它表现为同一词语、短语、音句的重复出现。例如：

(28)《落日》 俞昌雄

落日要去的地方，我们当中已经有人
去了；落日准备去的地方
我们当中已经有人，凭借轮回
得以返程。落日悬而未落，那是一块
失去了重量的金子，它发光
但每一缕光芒必将赠予那足以走向远方的人
落日。落日。落日。落日
此时此刻，我看见了它
在世间的某个角落
它滑了下去，我亮了起来

诗歌以词语“落日”为单位反复出现，前六行诗构成三组以“落日”开头的语义关系，第七行则是四个“落日”的连续反复。在拟人化后，“落日”具有了人的行动能力,三组语义关系分别对太阳落下的轨迹、状态进行描述。随后在能指形式排列上对“落日”的连续反复,在表达上既像是急切的呼喊,又是强烈的感叹。在视觉形象和语义连接上,由词语连续反复构成的诗行也可看作诗歌语义转折的分隔线,诗歌语义从对“落日”的描述转向“落日”与“我”的关系。

(29)《祖国呵,我亲爱的祖国》　舒婷

我是你河边上破旧的老水车,
数百年来纺着疲惫的歌;
我是你额上熏黑的矿灯,
照你在历史的隧洞里蜗行摸索;
我是干瘪的稻穗;是失修的路基;
是淤滩上的驳船
把纤绳深深
　　勒进你的肩膊;
——祖国呵!

我是贫穷,
我是悲哀。
我是你祖祖辈辈
　　痛苦的希望呵,
是“飞天”袖间
千百年未落到地面的花朵;
——祖国呵!

我是你簇新的理想，
刚从神话的蛛网里挣脱；
我是你雪被下古莲的胚芽；
我是你挂着眼泪的笑涡；
我是新刷出的雪白的起跑线；
是绯红的黎明
　　正在喷薄；
——祖国呵！

我是你的十亿分之一，
是你九百六十万平方的总和；
你以伤痕累累的乳房
喂养了
迷惘的我、深思的我、沸腾的我；
那就从我的血肉之躯上
去取得
你的富饶、你的荣光、你的自由；
——祖国呵！
我亲爱的祖国！

全诗共四节，每节诗的最后一行都是“——祖国呵！”的反复，形成了诗句的隔行反复。诗句的隔行反复无论是出现在诗节的开头抑或是结尾，都以其能指形式提示了各诗节在语义构成上既是一个独立的部分，相互之间也因具有相同的部分而有语义上的关联。此外,这首诗还多次反复出现了以“我是你……”“我是……”“是……”构成的音句,其中既有同一结构的连续反复,也有间隔反复,这种能指形式的选择和排列能够增强诗歌的气势。

(30)《黑色河流》　吉狄马加

我了解葬礼,
我了解大山里彝人古老的葬礼。
(在一条黑色的河流上,
人性的眼睛闪着黄金的光。)

我看见人的河流,正从山谷中悄悄穿过。
我看见人的河流,正漾起那悲哀的微波。
沉沉地穿越这冷暖的人间,
沉沉地穿越这神奇的世界。

我看见人的河流,汇聚成海洋,
在死亡的身边喧响,祖先的图腾被幻想在天上。
我看见送葬的人,灵魂像梦一样,
在那火枪的召唤声里,幻化出原始美的衣裳。
我看见死去的人,像大山那样安详,
在一千双手的爱抚下,听友情歌唱忧伤。

我了解葬礼,

我了解大山里彝人古老的葬礼。
(在一条黑色的河流上,
人性的眼睛闪着黄金的光。)

全诗共四节,第一节和最后一节的内容完全一样,即诗节的反复。首尾诗节的反复或一节诗中首尾诗行的反复,都是以隔行反复的方式使诗歌的能指形式排列形成一个遥相呼应的回环空间,这也使得诗歌的所指形式在回环空间中产生语义循环的感觉。

诗人在采用反复修辞手段时,一方面,反复出现的内容是能指形式往复的标记,如例(28)反复的“落日”构成的诗行成为诗歌语义的分割线,例(29)每节诗末尾固定重复的内容;另一方面,其他对象由于皆与反复内容相结合构成语义关系,所以这些语义关系相互之间也能产生语义关联,如例(29)各诗节都包含反复内容“——祖国呵!”,同时各诗节也从不同侧面表达“我”对祖国的深情。前一种情况表现了当代诗歌利用反复改变了能指形式的排列,后一种情况则表现了能指形式对所指形式的影响。

②同语

“同语,也可以叫做对称式反复,就是对称地使用完全相同的词或短语。”[①]同语是句内的反复,是反复的一种特殊变体。由于反复的对象在诗句中相隔的距离很近,所以它的能指形式能够快速引起读者的注意。例如:

① 王希杰.汉语修辞学(修订本)[M].北京:商务印书馆,2004:373-374.

(31)《凿死》(节选)　黄翔

我的眼光为眼光所遮盖

我的听觉为听觉所堵塞

(32)《雨中独行》　洛夫

风风雨雨

适于独行

而且手中无伞

不打伞自有不打伞的妙处

湿是我的湿

冷是我的冷

即使把自己缩成雨点那么小

小

也是我的小

(33)《挽歌 第二》(节选)　西川

在炎热的夏季蝉所唱的歌不是歌

在炎热的夏季老人所讲的故事概不真实

在炎热的夏季山峰不是山峰,没有雾

在炎热的夏季村庄不是村庄,没有人

在炎热的夏季石头不是石头,而是金属

在炎热的夏季黑夜不是黑夜,没有其他人睡去

我所写下的诗也不是诗

我所想起的人也不是有血有肉的人

在例(31)中,“眼光”与“眼光”、“听觉”与“听觉”的词语同语是主宾同语。在例(32)中,第四行是短语的同语;第五、第六行都是词语的主宾同语,并且两行诗之间形成对偶;如果将最后两行诗“小/也是我的小”看作一个完整句,那么它也包含主宾同语。例(33)中多行诗句利用同语的对称式反复构成对同一对象的否定,即有定语成分修饰的主语与没有修饰成分的宾语之间形成主宾同语。在语义上,主语和宾语之间存在部分和整体的关系,否定式的同语表现出主语不具有宾语的某种特征和两者的差异。在诗歌中采用同语修辞手段的目的是使对称反复的词语或短语得到凸显和意义强调。

③对偶

古典诗歌在使用对偶时,要求前后诗行的语法结构基本相同或近似、平仄协调以及语义相对或相关。古典诗歌使用对偶构成诗行时遵循的是严式对偶,而当代诗歌很难以严式对偶的要求构成语义关系,它以更宽松的使用条件形成具有对偶特征的诗行。例如:

(34)《蓝色的山》(节选)　阿卓务林

就在这一刻,高山上的诸神和声唱
头顶上湛蓝天空的湛蓝,是它身上升腾的湛蓝
脚底下碧绿湖水的碧绿,是它身上流淌的碧绿

(35)《命运》(节选)　食指

一

好的荣誉是永远找不开的钞票,
坏的名声是永远挣不脱的枷锁,

二

羞怯的微笑是醉人不伤心的美酒

绯红的面庞是丰满无核心的苹果

(36)《致橡树》(节选)　舒婷

我们分担寒潮、风雷、霹雳,

我们共享雾霭、流岚、虹霓。

在例(34)节选的两行诗中,除了“湛蓝”“碧绿”以及“是它身上……”的重复外,还有“头顶上”对“脚底下”、“湛蓝”对“碧绿”、“天空”对“湖水”、“升腾”对“流淌”的对举。前后两行诗,语法结构和词语词性相同,词义相对,从内容上看是反对。例(35)的第一组对偶诗行,“好”对“坏”,“荣誉”对“名声”,“找不开的钞票”对“挣不脱的枷锁”,除了“好”和“坏”的语义相对外,其余是语义相似的对偶。第二组对偶诗行选择了语义相似的对象构成正对。在这两组对偶诗行中,每行诗的语义关系还使用了比喻修辞手段。例(36)中,“分担”对“共享”,“寒潮”对“雾霭”,“风雷”对“流岚”,“霹雳”对“虹霓”,词义相对,形成反对。并且,两行诗分别以“霹雳”和“虹霓”结尾,又形成押韵。

上述诗歌构建的对偶诗行都没有严格遵守语音的平仄,前后诗行出现了重复的字词,词语之间的对仗并不严格,所以当代诗歌采用的对偶修辞手段是宽式对偶。正对的对偶诗行因对仗的词语之间语义相近,前后诗行在语义上相互补充;反对的对偶诗行因对仗的词语之间语义相对,前后诗行在语义上相互映衬。对偶修辞手段使诗句在结构、节奏两方面发生变化,即前后诗行的能指形式结构对称,并能产生协调一致的节奏。

④排比

排比是由三个或三个以上结构相同或相似、语义相关、语气一致的词语或句子连续排列构成的整体。除了以相同结构作为形式标记外，句子中的其余内容是根据语义表达的需要自主选择构建的可变动的内容。例如：

(37)《这也是一切》 舒婷

不是一切大树，
　　都被暴风折断；
不是一切种子，
　　都找不到生根的土壤；
不是一切真情，
　　都流失在人心的沙漠里；
不是一切梦想，
　　都甘愿被折掉翅膀。

不，不是一切
都像你说的那样！

不是一切火焰，
　　都只燃烧自己
　　而不把别人照亮；
不是一切星星，
　　都仅指示黑暗

而不报告曙光;

不是一切歌声,

都只掠过耳旁

而不留在心上。

不,不是一切

都像你说的那样!

不是一切呼吁都没有回响;

不是一切损失都无法补偿;

不是一切深渊都是灭亡;

不是一切灭亡都覆盖在弱者头上;

不是一切心灵

都可以踩在脚下,烂在泥里;

不是一切后果

都是眼泪血印,而不展现欢容。

一切的现在都孕育着未来,

未来的一切都生长于它的昨天。

希望,而且为它斗争,

请把这一切放在你的肩上。

诗歌中分别出现了以"不是一切……,/都……""不是一切……,/都……/而不……""不是一切……都……"句子的排比。如以"不是一切……，/都……”构成的句子排列中，可变动的内容大树被暴风折断、种子找不到生根的土壤、真情流失在人心的沙漠、梦想被折掉翅膀，都包含着失去的意义。也就是说，排比修辞手段的结构能将具有语义相同点的不同对象同时投射到组合轴。这首诗中各组排比句内的语义关系相互之间是平等的关系，它们构成的是并列式排比。诗人在构建语义关系之间的排比时还以分行和空格的方式使其中一些语义关系的能指形式在视觉上呈现出阶梯状，使语义关系之间的排列更整齐。

(38)《下雪了》　石英杰

雪下得很慢，很轻
下着下着，沟壑被填平
下着下着，下白我的头顶
下着下着，也下白仇人的头顶
雪继续下，小城车水马龙
无论黑的，还是白的
下到最后，能白的全白了
我和仇人之间
剩下的全是雪，那么白，那么干净

诗歌围绕“下着下着”构成诗行的排比，“下着下着”指下雪的状态，与它组合的内容作为变动部分则指雪落到具体对象身上之后的状态，三个变动部分都表示雪下得很大。三个变动部分之间具有不可更改逻辑先后顺序的语义关联，表现出承接式排比的特点。如果不使用排比修辞手段，“下着下着”只出现一次就直接与并列的三个变动部分构成语义关系也可行,但这种能指形式排列既不能突出持续下雪、雪下得很大的状态,也使诗行缺乏节奏的变化。

(39)《爱,或者》　李庄

我只爱三个男人
父亲,丈夫,儿子
我只爱三个女人
母亲,妻子,女儿
我只爱两个人
男人,女人
我只爱一个人呵
你

当然,如果你把爱这个字
换成恨
我也微笑着
同意

诗歌的第一节围绕“我只爱……”构成包含四组语义关系的排比句。前两组语义关系分别从“男人”和“女人”聚合空间内选择对象投射至组合轴,并且使词义相对的词语作为变动部分的内容,这也使得两组语义关系之间包含一定的对偶色彩。后两组语义关系在变动部分的结构、字数都有明显变化。在语义上,四组语义关系之间存在递进关系,表现出递进式排比的特点。

利用排比修辞手段构成的诗歌语义关系在能指形式上具有结构相似、部分内容相同的特征，诗行的排列也呈现出相对整齐的状态。排比修辞手段的使用不仅体现了各组语义关系之间的共同点，而且变动部分的内容也会因处于排比的语义关系之中相互之间产生新的关联。

⑤错综

“凡把反复、对偶、排比、或其它可有整齐形式，共同词面的语言，说成形式参差，词面别异的，我们称为错综。”[①]利用错综修辞手段构成的诗句能够削弱因能指形式整齐带来的单调、呆板，使诗句的能指形式更具有变化。例如：

(40)《命运》(节选)　食指

明朗的目光是笔直走不完的路程
深沉的眼睛是躲也躲不过的灾祸

“明朗的目光”和“深沉的眼睛”语义相近，两行诗分别以这两个短语作为本体构成比喻关系。若两个本体选择同一词语则诗句变成反复，而诗人选择语义相近的短语则将反复变为错综。

(41)《帐篷门口》　马行

山东的十九年，加上林海雪原
加上陕北神木县的山岭，加上府谷县赵五家湾的两年半
加上塔克拉玛干沙漠，加上酗酒
加上膝伤，加上准噶尔

① 陈望道.修辞学发凡[M].上海：上海教育出版社，1997：207.

在青海地质勘探区,又加上昆仑山、落日、狼毒花
现在我来到海边,坐在帐篷门口的
是午夜,加上满天星辰

诗歌中共出现了八句以动词“加上”开头的名词句。这些名词句长短不一,谓语部分的内容有的较为简单,仅有一项名词;有的较为复杂,包含名词短语或多项名词并列。在诗句构成上,有的诗句包含两个名词句的并列,有的诗句由名词句与其他句子成分组合构成。名词句的变化和诗句组合的多样性,使诗歌呈现出句子结构的错综。

(42)《贫穷吞噬一切》　宗小白

贫穷吞噬一切,却没办法对付孩子。
孩子们会把贫穷捉住,穿上铁丝,烤知了一样架在火堆上
孩子们还会把贫穷从野地里拔起,洗干净泥巴,使劲吮吸根部的汁液
孩子们还会把贫穷当成破旧的书包,丢三落四地忘在炊烟的河边
贫穷吞噬一切,却没办法对付孩子。
它只能耐心地等着
这些孩子长大

诗歌的第一、第五行是同一诗句内容的隔行反复,中间的第二、三、四行是对反复内容的展开叙述,即孩子们如何对待贫穷。诗歌的第二至第四行,诗人原本可以采用相同的句子结构构成诗歌内容,使诗行的能指形式整齐均衡,但诗人没有采用统一的句子结构,而以“贫穷”作为本体,分别与从孩子们日常生活聚合空间中选出的对象构成比喻关系,诗

句以更口语化的方式展示了语义内容的变化,形成句子错综。

(43)《一般疑问句》 马国语

驯鹰的人
面目会越来越像鹰
养虎的人
神情会越来越像虎
教人的人
心肠会越来越像人吗

全诗共六行,构成三组语义关系。三组语义关系虽然句子结构相似,但不是围绕相同对象构成的语义关系,只不过各组语义关系的主语之间具有相同点,如“驯鹰的人”“养虎的人”“教人的人”都具有可能特征[+主导][+引导]。前两组语义关系是表示肯定的陈述句,最后一组语义关系则是疑问句,语义关系从陈述句转为疑问句体现了语气的错综。语义关系的语气错综和疑问句的不确定性暗示了最后一个疑问句对应的回答应该是否定的,也呼应了诗歌标题“一般疑问句”的双关内涵,即最后一个疑问句从句式上看是一般疑问句,而从内容上看这个问题却并不“一般”。

(44)《样板房》(节选) 谢湘南

依山的
它许诺山是你的后花园
傍海的

它承诺海是你的私家客厅
依山傍海的
它将每一口风都标上了价钱
在地铁口的
它告诉你地铁通向光明与未来
它告诉你每一间房
都是一种人生
它告诉你
人生的标准
它告诉你
你的生活就该在这样的房间里
完美无缺,就该在这样的马桶盖上
飘飘欲仙,拥抱
落日,狂插
黄昏

在诗歌前四行中,诗人选择了有语义关联的词语“依山”“傍海”以及近义词“许诺”“承诺”“后花园”“私家客厅”,构成词语错综的语义关系。从“它告诉你地铁通向光明与未来”这一诗行开始到最后,此间的诗行有的是由“它告诉你……”构成的完整句,有的是将“它告诉你……”句子结构的补语成分划分至下一诗行,有的是将补语成分扩展成句子并且包含并列成分。这三种情况既使诗歌内容更加丰富,也使诗句形成句子错综。词语错综和句子错综的联合使用,使诗句的能指形式排列具有各种不同的选择和变化,并且也与所指形式的凸显相得益彰。

诗人根据语义表达的需要采用错综修辞手段，一方面使诗歌在能指形式和所指形式选择上避免了因整齐和对称产生的束缚，另一方面合理利用语义、语气和语法结构的变化也能使诗歌在表达效果上产生同中有异的错综美。

⑥顶真

当诗人选择使用顶真修辞手段时，会以前一诗行的结尾作为下一诗行的开头，使诗歌产生首尾蝉联、环环相扣的效果。例如：

(45)《问答》 霍竹山

粮哩
喂猪哩

猪哩
卖钱哩

钱哩
买肥哩

肥哩
种地哩

地哩
等雨哩

雨哩
没下哩

诗歌的内容表现了一问一答的过程,提问诗行的结构与答语诗行的结构都是固定的,每一组问答话语自成一节。诗人采用顶真修辞手段将第一个问答对话的答语作为第二个问答对话的提问内容,以此类推直至诗歌结尾。顶真修辞手段的结构形式使问答过程环环相扣,对象之间的先后逻辑清晰,各蝉联对象之间的语义关联通过提问和回答的组合以及继续以答语作为新的提问内容的过程,表现出连锁关系。

(46)《全人类都在流浪》　罗门

人在火车里走
火车在地球里走
地球在太空里走
太空在茫茫里走
谁都下不了车
印在名片上的地址
全是错的

这首诗的前四行采用了拟人、比喻和顶真的修辞手段构成语义关系。经过拟人后,“火车”“地球”“太空”都获得了人的特征和行走的能力,然后将火车行驶、地球运转、太空的存在喻为“走”。诗人以顶真修辞手段的方式组构诗行,前后诗行之间以前一诗行结尾的“行走的空间”作为下一诗行开头的“行走的主体”,这也是蝉联对象之间存在的语义关联。随着蝉联对象所指的空间范围逐渐变大，这首诗的顶真又表现出蝉联对象之间的递进关系。

(47)《无调之歌》 张默

月在树梢漏下点点烟火
点点烟火漏下细草的两岸
细草的两岸漏下浮雕的云层
浮雕的云层漏下未被苏醒的大地
未被苏醒的大地漏下一幅未完成的泼墨
一幅未完成的泼墨漏下
　　　　　　急速地漏下
空虚而没有脚的地平线
　　我是千万遍千万遍唱不尽的阳光

诗歌的前五行利用顶真修辞手段和动词“漏下”将树梢上的月光、点点烟火、布满细草的两岸、浮雕的云层以及具有拟人色彩的“未被苏醒的大地”、具有比喻色彩的“一幅未完成的泼墨”进行串联。从这些蝉联对象中可提取出共性特征[+风景]，说明它们都从属于诗人重构的聚合空间环境场景。由此可见，以顶真修辞手段构建语义关系时，参与语义关系构建的对象相互之间具有相关性的原因也可能是因为它们同属于一个聚合空间。

顶真修辞手段使诗歌的能指形式排列呈现出对象蝉联、首尾相顾的视觉形象，同时这种能指形式排列方式也需要以蝉联对象之间存在的语义关联作为支撑，否则读者将很难解读蝉联对象之间、诗行之间的语义关联。

⑦回环

回环就是利用汉语灵活可变的语序,使前后两句的开头部分和结尾部分分别调换顺序,即前一句的开头部分成为后一句的结尾部分,前一句的结尾部分成为后一句的开头部分。例如:

(48)《通往博尔赫斯书店》(节选)　多多

所有的进入,都是误入
误入以外,没有进入

(49)《旁听生》(节选)　席慕蓉

您是怎么说的呢
没有山河的记忆等于没有记忆
没有记忆的山河等于没有山河

还是说
山河间的记忆才是记忆
记忆里的山河才是山河

例(48)利用回环修辞手段构成的两行诗,前一句表示"进入"与"误入"之间的肯定关系,后一句表示"进入"与"误入"之间的否定关系。例(49)的第一节、第二节都采用了回环修辞手段以及相同的对象"山河"和"记忆"构成语义关系。两节诗的语义关系分别以双重否定和肯定的方式表示"山河"和"记忆"之间的关系,即"山河"和"记忆"分别是对方存在的前提,这也是从两个角度定义了"山河"和"记忆"。例(48)和例(49)利用回环修辞手段表现的是对象之间存在的肯定和否定关系，也是两者之间的相关关系。除此之外，利用回环修辞手段构成的语义关系还体现出对象之间的其他关系。又如：

(50)《样板房》(节选)　谢湘南

叹息就是惊雷

惊雷就是叹息

(51)《交叉点协会》(节选)　臧棣

我休息时，诗是我的劳作。

我劳作时，诗是我的休息。

(52)《无题》　张执浩

花一样的蝴蝶落在了蝴蝶一样的花上

起风的时候，蝴蝶不动

风停了，蝴蝶扇动翅膀

例(50)中，“叹息”和“惊雷”之间因具有相似性可能特征[+发出声音]而构成比喻关系。回环修辞手段又使两个对象因同一个相似性可能特征互为本体、喻体，形成两组比喻关系。例(51)中，形成回环的两个对象“休息”和“劳作”分别出现在诗歌的条件句和结果句中，在结果句中“诗”又分别与“劳作”和“休息”形成比喻关系。而“休息”和“劳作”在条件句和结果句中的所指意义不同，在条件句中“休息”和“劳作”的所指都为它们的本义，在结果句中则分别指“让人减轻疲劳、恢复精力”和“想要完成的任务”。诗人利用回环修辞手段揭示了“诗”与两种生活状态“休息”“劳作”之间的关系。例(52)利用回环修辞手段将同时包含“花”和“蝴蝶”的主语和宾语构成一组语义关系。分作主语和宾语的名词短语各自包含一组比喻关系,即把蝴蝶比作花和把花比作蝴蝶。主语的名词短语以可能特征[+美丽]作为相似性,宾语的名词短语以可能特征[+形状]作为相似性。包含比喻关系的名词短语经过回环修辞手段的组合后,诗句在说明蝴蝶落在花上的过程中揭示了“花”和“蝴蝶”之间的关系。例(50)、例(51)、例(52)都是在同时使用回环修辞手段和比喻修辞手段的情况下构成诗歌语义关系的。例(50)由回环构成的能指形式还表现出对象之间存在构成回喻语义关系的可能性。

回环修辞手段表现了两个对象在能指形式排列上的反复,也揭示了两者之间的内在关系,即语义上的相似性或相关性。回环反复的能指形式也加深了读者对两个对象之间的关系的认识。

⑧并列

王希杰在《汉语修辞学(修订本)》中提到的修辞手段“列举分承”和“类聚”,分别指“横式结构和纵式结构相结合的一种表达方式”[①]和“故意超出常规地罗列具有聚合关系的词或短语,目的是造成某种特殊的情调”[②]。列举分承的横纵结合包含了横向、纵向并列对象的对应和层次,表现为两类对象的分别并列;类聚超出常规的罗列聚合关系上的词语、短语主要指语言使用者有意选择多项词语、短语的并列。从语言运作过程看,列举分承和类聚都是将聚合空间内的对象投射到组合轴形成并列。与非诗歌话语相比,当代诗歌的并列现象更丰富多样,它可以同时使用列举分承和类聚的修辞手段形成语义关系的并列。例如:

① 王希杰.汉语修辞学(修订本)[M].北京:商务印书馆,2004:279.

② 王希杰.汉语修辞学(修订本)[M].北京:商务印书馆,2004:371.

(53)《早晨》 肖开愚

蜡烛的早晨
雪球的早晨
滚动、爆炸、阴谋家和他的岳母
溃败的早晨

说话的早晨
祈使句、命令句
和起始语言的早晨
高音喇叭的早晨

牛奶、鸡蛋和思虑的早晨
阶级斗争的早晨

四肢运动的早晨
阳光和空气的早晨,肺和
表面的早晨
汽车开动
把丈夫拖走的早晨

整首诗主要以名词性的定中短语并列构成,其中某些名词短语还包含着并列对象,如“牛奶、鸡蛋和思虑的早晨”。每个名词短语的构成是定语与中心语超常搭配的结果,所以“早晨”除了本义“一天之中太阳出来的这段时间”之外,还获得了如[+有光亮][+冰冷][+吵闹]等可能特征,每个名词短语以不同的修饰成分对“早晨”进行定义。这些修饰成分是重新构成的聚合空间与早晨有关的对象,它们被投射至组合轴与“早晨”组合,形成多个以早晨为中心语的名词短语。这些并列的名词短语再度丰富“早晨”聚合空间,同时使整首诗由“早晨”聚合空间内的潜在对象投射至组合轴,通过诗行并列的方式构成。

(54)《日子》　北岛

用抽屉锁住自己的秘密
在喜爱的书上留下批语
信投进邮箱,默默地站一会儿
风中打量着行人,毫无顾忌
留意着霓虹灯闪烁的橱窗
电话间里投进一枚硬币
向桥下钓鱼的老头要支香烟
河上的轮船　拉响了空旷的汽笛
在剧场门口幽暗的穿衣镜前
透过烟雾凝视着自己
当窗帘隔绝了星海的喧嚣
灯下翻开褪色的照片和字迹

全诗共十二行,除第九、第十行诗共同构成一个完整句外,其余诗行皆由一个完整句单独构成。各组语义关系之间表现出明显的语义断裂和跳跃性,只能将它们看作不同诗行之间的并列。在这背后,各组语义关系都与诗歌标题“日子”之间存在“部分-整体”的邻近性关系，它们都与抽象概念“日子”之间构成借代关系。“日子”的不同语义指代之间地位相等，诗人选择并列修辞手段对它们的能指形式进行排列则完全符合诗歌所指形式的意义表达。

(55)《北站》 肖开愚

我感到我是一群人。
在老北站的天桥上，我身体里
有人开始争吵和议论，七嘴八舌。
我抽着烟，打量着火车站的废墟，
我想叫喊，嗓子里火辣辣的。

我感到我是一群人。
走在废弃的铁道上，踢着铁轨的卷锈，
哦，身体里拥挤不堪，好像有人上车，
有人下车，一辆火车迎面开来，
另一辆从我的身体里呼啸而出。

我感到我是一群人。
我走进一个空旷的房间，翻过一排栏杆，
在昔日的检票口，突然，我的身体里
空荡荡的。哦，这个候车厅里没有旅客了，
站着和坐着的都是模糊的影子。

我感到我是一群人。
在附近的弄堂里,在烟摊上,在公用电话旁,
他们像汗珠一样出来。他们蹲着,跳着,
堵在我的前面。他们戴着手表,穿着花格衬衣,
提着沉甸甸的箱子像是拿着气球。

我感到我是一群人。
在面店吃面的时候他们就在我的面前
围桌而坐。他们尖脸和方脸,哈哈大笑,他们有一点儿会计的
假正经。但是我饿极了。他们哼着旧电影的插曲,
跨入我的碗里。

我感到我是一群人。
但是他们聚成了一堆恐惧。我上公交车,
车就摇晃。进一个酒吧,里面停电。我只好步行
去虹口,外滩,广场,绕道回家。
我感到我的脚里有另外一双脚。

每节诗都以“我感到我是一群人。”的隔行反复作为开头,每节诗的内容聚焦不同场景,并对该场景下“我如何感到我是一群人”进行描写。诗歌内容表现出的视角转换以及诗节内容之间没有明显的语义连接,说明了各诗节的独立性,再加上同一诗行内容在每节诗的反复,又说明诗节之间是异类对象并列。这些异类并列的诗节又共同服务于同一个诗歌主题,反过来也可以认为各诗节是诗歌主题聚合空间内的对象。这首

诗构成的诗节并列表现了当代诗歌利用并列修辞手段不只构成诗行内的词语或短语并列、诗行之间的并列,还扩展至诗节之间的并列。

(56)《聊天》(节选) 孙文波

1

生活在这座人口稠密的城市,
如果我对你说:我们仍然是孤独的。
或者我像人们那样拿关在动物园里的动物做比喻,
你同意吗?当我穿行在汽车的洪流中,
在繁华的、人群拥挤的春熙路,
我清楚地知道我像什么:
一只甲虫;一个卡夫卡抛弃了的单词!

2

夜晚,天空中的群星,盛开的发光的大丽菊。
我振动着体内的翅膀,我渴望飞向它们。
这到底有多高?可以使我向下张望,
看见卵石一样的楼房,看见旋转的
盘状的桥梁,看见刻着死者姓名的纪念碑。
还有人——我能不能把他们看做
集合起来的词组?我能否读出他们的含义?

3

孙发毅,我们的祖父,他现在终日

坐在华阴故居的大门口。如果他是一尊石雕，
我们还可以称赞完成他的人的技艺。
但现在面对他，我们只能缄默。
特别是看到寒风使他头顶的树叶落下来，
铺满一地，在我们的内心深处，
只有缓缓升起的泥土，那种潮湿的黑暗。黑暗。

这首诗由多个独立的诗歌章节构成，每个章节以数字作为标题。每个诗歌章节都是一个诗节片段，各章节的内容在语义上没有明显关联，也没有相同的能指形式标记。在诗歌标题“聊天”的统摄下，从各诗歌章节抽象出的共同特征“聊天内容”是串联各个章节以及说明它们之间存在并列关系的条件。

(57)《作品105号》　于坚

秋天的下午　我独坐在大高原上
巨大的红叶　飘在阳光和天空之中
世界的声音涌来　把我的耳膜打湿
那是树叶和远方大海的声音
那是阳光和岩石的声音
那是羊群和马群的声音
那是风和鹰的声音　那是烟的声音
那是蝴蝶和流水的声音
那是城市和大工厂的声音
那是人类和神祇们的声音

我认识这些声音的创造者
我不知道谁在指挥它们
秋天的下午　我独坐在大高原上
听到世界的声音传来
这伟大的生命的音乐
使我热泪盈眶

这首诗的第四行至第十行,各诗行内部既有词语和词语或词语和短语之间的并列构成中心语“声音”的定语成分,如“阳光”和“岩石”的并列、“树叶”和“远方大海”的并列作为“声音”的定语;也有诗歌第七行以空格进行连接并形成两个关于“声音”的复杂名词短语之间的并列。这几行诗都是关于声音的描述,相互之间也存在语义并列的关系。部分诗行内的并列以及诗行之间形成的并列,都体现了诗人选择异类对象重构聚合空间,再从新聚合空间内选择对象投射至组合轴,最终在组合轴上形成并列的过程。诗人选择异类对象构成并列,使得并列对象之间存在较大的语义跳跃,进一步体现了诗人关于声音的想象。

当代诗歌利用并列修辞手段构成的语义关系,一方面是在聚合轴上从多个不同的聚合空间内选择语义关联较弱的对象重新构成聚合空间,并把它们投射至组合轴;另一方面是组合轴能够全盘接受从聚合轴投射而来的对象,并在组合轴上形成语义关联较弱的词语、短语、诗句、诗节之间的并列关系,并列关系也因此表现出超出常规。这个过程就包括了列举分承、类聚修辞手段的使用,才能使组合轴上的诗歌内容同时反映出对象在横组合轴和纵聚合轴上的并列。因此,在当代诗歌中列举分承和类聚可以整合为并列修辞手段。

⑨分行

能指形式上的分行是当代诗歌显著的特点,也是它区别于其他话语类型的重要标志。“毫无疑问,分行成为新诗的外在识别标记。行是形式概念,句是意义概念。这就是说每行不一定是一句,每句不一定就是一行。”[①]诗歌分行并不是任意而为的结果,诗人在不受原有句法系统制约的情况下,需要根据语气、节奏、语义的变化选择在何处进行断句。当代诗的分行断句可以构成非完整句的音句,或者直接以完整句作为音句,不同的分行选择会产生不同的语义表达效果。分行也是当代诗歌弱化语言原本线性特征最直接的方式。在传统的修辞学研究,甚至是诗歌的修辞学研究中从未将分行视作修辞手段,但在当代诗歌中,分行是一种固定的、能够形成偏离能指形式的手段。同时,分行形式还具有“‘便于朗读’、‘凸现节奏关系’、‘创造语意空白’、‘帮助构筑图像’等四种修辞功能”[②]。因此,分行应当属于当代诗歌特定的修辞手段。例如:

(58)《艳若好坦然丛书》　臧棣

和新春打成一片,横竖都是
艳若桃花;美妙生,同时,
也美妙死。如此,美妙其实是
一个相当不错的主题。我沉思桃花
就好像我为桃花施过肥。
早起,早睡,严格地美妙于
劳动不是运动,也不是有点辛苦。
接着,我为它修枝,喷洒

① 陈仲义.现代诗:语言张力论[M].武汉:长江文艺出版社,2012:350.
② 曹德和.诗歌分行功能的修辞学研究[J].平顶山师专学报,2002(01):42.

刺鼻的防虫药。我潜伏下来，
就好像我是山谷中的一个季节。
园子好大，接触一下
便会知道生命依然很新鲜。
而一个人绝不会如此新鲜，所以，
这也是一个不错的主题。
很抱歉，我对艳若桃花没有任何敌意。
不仅如此，艳若道可道，
我敬新诗如敬神。不普遍，
又能怎样？好在敬畏在原则上
不是需要多多交流。但是，
其实，每个人都曾有机会
神秘于艳若桃花。是的，桃花不伟大——
但这听上去就好像说：桃花
也不十分日常。当然，就地形而言，
前前后后都有桃花。我这样理解
我们是如何受怒放启发的——
桃花的前面依然是桃花。
而诗，绝不在诗的后面。

诗人在处理这首诗的分行时，常在句子语气停顿的地方进行分行，将作为宾语的名词性短语、述语以及复合句中的后一个小句分至下一诗行做下一诗行的句首，也让诗行以非完整句和跨行的形式呈现诗歌内容。因分行的处理方式，置于下一行开头的内容在能指形式和所指形式上都得到凸显和强调。如“美妙生,同时,/也美妙死。”,分行凸显了“美妙死”和“美妙生”在能指形式上的并列,以及语义上“生”和“死”的对立。又如“我沉思桃花/就好像我为桃花施过肥。”,分行使本体和喻体被分作两行,诗歌的节奏在本体之后有比较长的停顿,被分至下一行的喻体内容更加突出。

(59)《离婚室》　管一

她的脸上有着南瓜的干涩　又有着
山芋干般的委屈　她满怀着心事
却又嘟囔着不愿开口。办证员王小花
起身把她拉进了内室　紧接着
里面传来隐隐的哭泣声　王小花
出来的时候也变得满脸忧伤
张了张嘴　连一句安慰的话也说不出了。
对于一个男人常年在外打工的女人　对于一个
一年中只见到自己的男人一次的女人
对于一个几乎忘记了自己
还是女人的女人　对于一个一年
才做了一次爱的女人　对于一个一年中
才做了一次爱就得了性病的女人
她除了委屈　还能说些什么

这首诗的分行除了将宾语、述语、复合句中的后一小句分至下一行外,还有直接在主语之后和名词性短语中间进行断句的情况。诗歌的第三行和第五行分别在主语“办证员王小花”和“王小花”之后分行，其余成分被分至下一行后，它们包含的动作、行为得到凸显。诗歌的第八行至第十三行包含四个以“女人”为中心语、结构相似的名词短语，并且四个名词短语之间是并列关系。诗人没有选择将四个名词短语分作单独诗行，突出短语之间的并列关系和能指形式的相似结构，而是以空格表示两个名词短语之间的分界，并且总是将名词短语的语义焦点部分分至下一行做句首。四个名词短语之间存在语义递进，也由此慢慢揭开“女人”的委屈和难以启齿的痛苦。

(60)《伤口之歌》　伊沙

我对伤口的恐惧
是发现它
像嘴
吐血

我对伤口更深的恐惧
是露骨的伤口
龇出了
它的牙

我的周身伤口遍布
发出了笑声
唱出了歌

全诗共三节,每节诗由一个完整句构成。诗人根据语气停顿和语义表达的需要对完整句进行拆分和分行,使语义突出部分能够单独成行。分行后长短不一的诗行整体向右对齐,诗节的能指形式排列呈现阶梯状。三节诗围绕“伤口”利用比喻和拟人修辞手段构成语义关系,“伤口”分别获得新可能特征[+会吐血][+龇牙][+发出笑声][+会唱歌],后三个可能特征又指向凶狠、令人害怕的意味。随着内容的推进,“伤口”的恐怖程度也在加深。诗歌语义的递进与能指形式排列的阶梯状相匹配。

(61)《黄果树大瀑布》　伊蕾

白岩石一样砸下来

砸

下

来

砸碎大墙下款款的散步

砸碎“维也纳别墅”那架小床

砸碎死水河那个幽暗的夜晚

砸碎那尊白蜡的雕像

砸碎那座小岛,茅草的小岛

砸碎那段无人的走廊

砸碎古陵墓前躁动不安的欲念

砸碎重复了又重复的缠绵的失望

砸碎沙地上那株深秋的苹果树

砸碎旷野里那幅水彩画

砸碎红窗帘下那把流泪的吉他

砸碎海滩上那迷茫中短暂的彷徨
把我砸得粉碎粉碎吧
我灵魂不散
要去寻找那一片永恒的土壤
强盗一样去占领、占领
哪怕像这瀑布
千年万年被钉在
悬
崖
上

诗歌的第二至第四行以及最后三行皆以一字一行、竖行排列的方式构成“砸下来”和“悬崖上”的能指形式，两者在视觉上都体现了垂直砸下和矗立的形态。“砸下来”连接着十二个连续反复的“砸碎”，表现出砸的动态性和砸碎一切的决心。“哪怕像这瀑布/千年万年被钉在/悬/崖/上”，钉住的形态使瀑布的动态与悬崖的静态融为一体，都有矗立的特征。两处竖行的能指形式排列所传递的语义信息与诗歌的所指形式相融合。

(62)《流浪者》(节选)　白荻

望
着
远
望方
着的
云云
的的

一　　　　一一一
株　　　　株株株
丝　　　丝丝丝丝
上线平地在杉上线平地在　杉杉杉杉

例(62)是一首图象诗,诗人完全打破了从左到右、横向构成诗行的常规,选择自右向左、竖行排列的方式构成诗行。第一节诗通过不断删去完整句中的修饰成分缩短诗行的长度并且使诗行之间内容相同的部分对齐。第二节诗除了凸起的竖列“一株丝杉”外,基本以一字为一行诗,横向构成“在地平线上”的反复。这首诗的分行断句方式使诗行的能指形式排列在整体上形似一棵原本直立现在却倒下的树,“丝杉”从直立到倒下,凸显了它拟人化后获得的新可能特征[+孤寂]。“丝杉”语义关系的构成是能指形式排列产生的意味与诗歌所指形式相结合的产物。

诗人利用分行的手段,根据语义表达的需要对当代诗歌的诗行进行分行断句,这既是改变诗行能指形式线性序列最直接的方式,也能够凸显和强调诗歌意义表达的重点。比如例(58)和例(59)的语言表达方式偏散文化和口语化，利用分行不仅能够形成凸显语义焦点的能指形式，还能改变它们原本扁平的意义表达方式，由此产生诗歌意味。图象诗的构成是灵活运用分行手段的极致体现。从一般的诗句分行到利用分行后的诗句能指形式构成视觉形象，再到视觉形象的意义与所指形式之间产生语义关联，图象诗充分说明了如何利用分行形成新的能指形式并参与语义关系构建的过程。

(三)能指形式元素混合聚合体

当代诗歌的能指形式构成涉及不同类型的能指形式元素的混合，包括从不同文体或不同文本中提取所需元素，也包括对某个对象的能指形式进行拆解后获得的新元素。一些修辞手段的结构形式就包含了元素混合的过程，比如仿拟和拆字、拆词。经过能指形式元素混合，当代诗歌构成的新能指形式既是对一般的当代诗歌能指形式的偏离，也可由此产生新的意味。

1.仿拟

在当代诗歌中使用仿拟修辞手段，就是诗人通过模仿或套用其他话语类型的能指形式结构、表达方式，实现两种话语类型能指形式元素的混合，并最终构成一首诗临时的、新创造的能指形式。在大多数情况下，新的能指形式依然保留当代诗歌的分行特征，但分行特征并不会妨碍当代诗歌的仿拟。例如：

(63)《广告诗》　伊沙

挡不住的诱惑

是可口可乐

非洲儿童的饥渴
紧咬美国奶妈的乳房
拼命吮吸里面的营养
里面的营养是褐色的琼浆

可口可乐新感觉
　挡不住的诱惑

诗歌标题“广告诗”说明这首诗融合了广告和诗两种话语类型的元素。诗歌开头和结尾重复了“挡不住的诱惑”,这使诗歌内容表现出如同广告宣传语般简单明了、朗朗上口的特征。第三至第六行的内容既可以看作非洲人民渴望可口可乐的广告说明,同时又是借喝可乐暗示非洲与美国之间的关系如同饥渴的儿童渴望奶妈的奶。诗歌内容既包含广告元素,也有诗性语义关系。诗歌表面上是对可口可乐的宣传,诗歌的能指形式排列也与广告的能指形式有相似之处,但实质上是以可口可乐指代美国,非洲人民对可口可乐的渴望正像美国对落后地区产生的影响。融入广告元素后,诗歌表面和内里的两层语义对立更明显,反讽的意味更浓厚。

(64)《结局,或开始》　侯马

您好,我是房东。手机号
已换记得保存。现在在外地,以后租金存我爱人
(农业银行):622848
5036 08988 9561 刘美莲
办好回信息

回复A:滚,骗子

回复B:已存,请查收

回复C:刘美莲你家着火了

回复D:叔叔,您好,我失恋33天了

回复E:房东,我的钥匙丢了,

你知道梁晓斌的困境吗

回复F:

……

从内容上看,诗人把短信的元素融入诗歌。诗歌的能指形式在排列方面体现了人们使用短信的常规操作,即发出短信、群发、回复短信三个步骤。发出短信以口语化的表达描述房东信息已更改的事实,诗人以分行的方式使这些内容有了些许当代诗歌的意味;而回复短信虽然也是口语化的表达,但各式各样的回复内容与发出短信之间形成不同的对应关系,即指向对话的结束或另一种新的开始。所以,虽然诗歌表面内容的语义关系基本偏向口语并没有表现出形式的偏离,但是以发送和回复的对应关系指向不同的所指意义,在内里形成新的语义关系。

(65)《打电话》 祁国

喂　您好　是啊

是我　还行　不忙

什么　噢　知道了

没问题　小意思　还凑合

当然　然而　反正
听不清　大点声　听到了
真的吗　哈哈哈　有意思
嘘　小声点　其实
还有　不过　即使
唉　烦　没劲
累人　倒霉　够呛
哼　活该　妈的
不要紧　哪里　没关系
好说　嗯　是的
假设　肯定　一定
嘿　胡扯　扯淡
不行　拉倒　开玩笑
啧　对了　高见
可是　但是　如果
难讲　万一　再说
挂了　等等　最后
好　没说的　还有
不早说　有你的　随便
看看　就这样　再见

诗人通过仿拟打电话的全过程,用大量口语化的词语、表达方式构成这首诗。诗人在不使用标点符号的情况下,利用空格起到停顿和改变诗歌节奏的作用。同时,诗人还有意使空格具有省略号的作用,即在空格之处省略掉电话沟通过程中的关键信息，使诗歌的前后内容出现断裂而只突出关键词和连词。虽然诗歌只是描写常见的打电话行为，但诗人有意创造诗歌内容的断裂又使整首诗表现出对日常生活常见行为的高度概括。

(66)《一份药品使用说明书：精神共同体》 何拜伦

【成分】

精神共同体的活性成分是肉体、思想和火山灰。

【性质】

1.作用机理

服用精神共同体后，在世界风云变幻的环境下变成爱的衍生物，沉淀于溃疡面上，形成一层保护膜，保护溃疡面免受进一步侵蚀，有利于溃疡的愈合。另外，精神共同体可使局部地区的冲突降低世纪末情绪的原教旨主义的产生。从而起到保护人类的作用。无论在地球还是宇宙，精神共同体对导致冲突和毁灭的政治杆菌和意识杆菌都具杀菌活性。通过根除政治杆菌和意识形态杆菌可恢复和平，从而有效地防止了地区冲突，这个人类的溃疡复发，精神共同体与爱和美同时服用可增加对私欲的根除率。精神共同体、联合国和安理会三联用药疗效最佳。

2.药代动力学

精神共同体是一种全球活性剂，但在治疗中也有少量由爱国精神衍生的恨被吸收。吸收的恨通过尿液和粪便排出。血液中的恨的排泄过程最少要用战争来描述。

【适应证】

适应于各种仇恨、绝望、颓废等。

【禁忌证】

伟人症、疯子、政治家、脑功能不全、神经管障碍等。

【不良反应】

由于社会的形成会出现黑便,但变色不同于黑粪症。其他主要表现为胃肠道症状,如恶心、呕吐、便秘和腹泻。偶见一些轻度过敏反应。

【注意事项】

服用精神共同体期间不得服用其他含毒制剂,如宗教某某主义。

【妊娠及哺乳期用药】

人类实验表明未见任何有害作用,但在动物妊娠及哺乳期间服用精神共同体是否有不良反应目前还没有报道。

【对驾驶和操作机器的影响】

无任何不良影响。但由司机和操作者本身视力及动作不规范等原因可造成不良影响,与精神共同体无关。

【相互作用】

服用精神共同体前无须禁食,可服用其他饮料和药物,不会干扰精神共同体对人类溃疡的作用。

【用法与用量】

可随时服用,可大量服用,只要死亡之前毁灭之前服用都有益无害。

【贮藏及稳定性】

精神共同体在宇宙温下保存到永远。

【包装】

没有规格,没有要求。

【厂家】

人类?

在不采取分行的情况下，诗人将药品使用说明书的能指形式直接融入诗歌。诗人将诗歌的主题“精神共同体”类比为一种药品，整首诗作为一份药品使用说明书就是围绕着它的各项基本情况进行说明，诗歌内容也由各个常规的药品说明书内容板块组成。每个内容板块都是“精神共同体”在具体情况下的表现，诗人发挥想象，以比喻、夸张、移就等修辞手段建立完全偏离药品说明的语义关系。如“【成分】/精神共同体的活性成分是肉体、思想和火山灰。”，“肉体”“思想”“火山灰”都不是生产药品的化学物质，“肉体”和“思想”可以对应具体指称对象，而“火山灰”与未出现的激情、灵感爆发形成借喻，三个异类对象与“精神共同体活性成分”之间因诗人重构的语义关系而形成同义手段。这首诗说明在没有使用分行的情况下，偏离的能指形式表现出创造性并且能与所指形式相匹配，就能参与语义关系构建，即融入药品说明书的能指形式能够提供一个构成创造性语义关系的切入点。

非诗歌话语类型的能指形式元素融入当代诗歌，改变了当代诗歌常规的能指形式，使其产生能指形式的偏离。但这并不会改变当代诗歌的性质，诗之所以为诗的本质在于能指形式和所指形式的结合生成具有创造性的语义关系，而能指形式的偏离更有助于形成偏离程度更大的语义关系。

2.拆字、拆词

拆字指对字的能指形式进行拆解，分解成数个不同的字。拆词指将词语拆开，把不能独立运用的语素或单音节词看作一个独立的词语使用。无论是拆字还是拆词，拆分出来的元素虽然与原字、原词有相关性，但都可看作新的、独立的元素。诗人一方面围绕拆分出来的新元素建立语义关系,另一方面借助新、旧元素在能指形式上的关联重建两者之间的语义关系。从两个方面构建的语义关系就包含了拆分和再度混合的过程。例如:

(67)《家》　鬼石

我发现
底下的
豕字
并不是
他们
所说的
猪的意思
而是一大把
的根须
它紧紧地
抓住我
越抓越牢
不放

诗人将“家”的能指形式进行拆分,得出本义指“猪”的“豕”字。然后又根据“豕”字的能指形式构型与“根须”的形状具有相似性可能特征[+触角状],使“豕”与“根须”形成比喻关系,“豕”字获得“根须”的可能特征[+可缠绕][+缠绕能力强]。而“豕”字作为从“家”字拆分出的对象,两者之间本身就具有邻近性,借助这一层关系,“豕”获得的新可能特征也成为“家”的新可能特征，即在这首诗中“家”的所指形式不再是常见的温馨、温暖，而是指对人的控制和束缚。通过对“家”字能指形式的拆分和重建拆出的“豕”字语义关系，“豕”和“家”的元素混合最终形成“家”的新语义关系。

(68)《心脏内科》(节选)　路也

4

心脏何意?

中心，首都，国会大厦，紫禁城之太和殿

茫茫银河系里的太阳

与“心”字相关用语：

一见倾心、促膝谈心、心花怒放、剑胆琴心、心有灵犀、刻骨铭心

呕心沥血、心如死灰、哀莫大于心死、一片冰心在玉壶

我的心啊在高原这儿没有我的心——

人心不古、人心叵测、心术不正、利欲熏心、忧心忡忡

勾心斗角、人面兽心、狼子野心，饱食终日无所用心

我心本将向明月无奈明月照沟渠——

里面都包含着这个最柔软也最冷硬的字

至于“爱”的繁体写成：愛

用笔画的披纷枝叶，将一颗心层层包裹团团保卫

安放于最中间

用覆了茅草的秃宝盖为一颗心遮风挡雨

安放于屋顶下面

古往今来，多少人怀揣一颗心如同怀揣一枚手榴弹
为这个字铤而走险！

诗歌的第二节对繁体字“愛”的能指形式进行了拆分，并围绕从“愛”字拆分出的各部分构成语义关系。根据能指形式的形状，诗人将部首“爫”与具有包裹功能的“枝叶”构成比喻关系，它和“秃宝盖”共同指向可以遮风挡雨、覆了茅草的房子。“枝叶”和“房子”牢牢保护着的“心”与具有危害、使人铤而走险的“手榴弹”形成比喻关系。由此，包裹在柔软的“愛”中间的“心”具有了新可能特征[+危险性]，这与第一节凸显的其中一个可能特征[+冷硬]相关。“愛”与拆字成分的元素混合表现了两者语义内涵、语义关系的悖反，凸显出“心”的新创语义关系。

(69)《说文解字：蜀》　梁平
从殷商一大堆甲骨文里，
找到了“蜀”。
这在东汉的许慎说它是蚕，
一个奇怪的造型，额头上，
横放了一条加长的眼眶。
蚕，从虫。但弯曲的身子，
在甲骨文的书写中，
又与蛇、龙相似。
虫让人想起出入山林的虎。
所以蜀，就不是一般意义上的虫，
应该与蛇有关，与龙有关，

与三星堆出土的文物里
那些人面虎鼻造像,
那些长长的眼睛突出眼眶之外的
纵目面具有关。
重要的是,成了我家族的印记。

诗人从“说文解字”角度对“蜀”字进行拆分,拆出“一条加长的眼眶”指代“目”和“虫”。“蜀”与“蚕”的小篆字形相似,也都从“虫”。从甲骨文的字形上看,“虫”的甲骨文字形与“蛇”“龙”相似,然后通过字形的能指形式相似建立语义上的关联,从“虫”联想到“蛇”“龙”“虎”,“蜀”也因“虫”与“蛇”“龙”“虎”产生联系。这一系列的语义关系重塑了“蜀”的形象,使它不只是一个地方的符号,还与历史遗迹三星堆文物有关。诗歌对“蜀”字的重新解读是以字形的能指形式为基础,从建立不同能指形式之间的关联再到它们所指形式之间的语义关联,最终构成“蜀”的新语义关系。

(70)《手枪》 欧阳江河

手枪可以拆开
拆作两件不相关的东西
一件是手,一件是枪
枪变长可以成为一个党
手涂黑可以成为另一个党

而东西本身可以再拆

直到成为相反的向度
世界在无穷的拆字法中分离

人用一只眼睛寻求爱情
另一只眼睛压进枪膛
子弹眉来眼去
鼻子对准敌人的客厅
政治向左倾斜
一个人朝东方开枪
另一个人在西方倒下

黑手党戴上白手套
长枪党改用短枪
永远的维纳斯站在石头里
她的手拒绝了人类
从她的胸脯拉出两只抽屉
里面有两粒子弹,一支枪
要扣响时成为玩具
谋杀,一次哑火

诗人首先利用拆词将词语"手枪"进行拆分,分出"手"和"枪"两个单音节词,然后又分别围绕着它们建立新的语义关系。诗歌第四行和第五行建立的新语义关系既是对包含"手"和"枪"的词语"长枪党"和"黑手党"的词语拆解,也是从字面意义角度对词语的重构。对词语进行拆分就会获得新的元素组构新的语义关系，而以拆分词语的方式解释词语也是一种语义关系的创造，正如诗歌所言“世界在无穷的拆字法中分离”。

(71)《风景》 汪剑钊

风和景是两个异己的存在
风是空气的颤动
手可触摸却无法捕捉
景是山光水色的感慨
目光可视而不能占有
无形的风和有形的景相交
呈现美丽的风景
把美丽从大脑里撤除
风景就是风景
丑陋与美丽是地球人的修辞
风景是一个白痴美人
她熟悉的是另一世界的语言
在人文的符号里默不作声
倘若风景与人交换位置
风是灵魂的喻体
景是肉体的象征
风景是客体与主题的叠合
当一双眼睛被另一双眼睛注视
其中隐含的可能是爱情

也可能是仇恨
爱情与仇恨都可以燃烧
爱情使相爱者分离
仇恨让仇恨者靠拢
只要轻轻擦亮一根火柴
风景就有毁灭的危险

诗人将“风景”一词拆分成“风”和“景”两个单音节词。诗歌的前六行从相异、对立的角度分别围绕“风”和“景”构建语义关系，而“风景”则被还原为不加任何修饰的景色。而当“风景”在比喻和拟人修辞手段的作用下与“美人”构成新语义关系后，再度因语境的变化和语义表达需要的不同被拆分为“风”和“景”，分别与“人”相关的对象“灵魂”“肉体”重新构成比喻关系。这首诗两次拆分构成“风”和“景”的语义关系，都与此时“风景”的所指意义密切相关，诗人进行两次拆分也是为了以拆出对象建立的语义关系对“风景”进行重新解读。

诗人在使用拆字、拆词修辞手段时都是从字、词语的能指形式中拆分出构建新语义关系的元素，此时拆分出的元素与原字或原词共存于诗歌中，形成元素混合。围绕拆分出的元素构成的新语义关系皆是原对象的语义偏离形式，若不构成语义偏离，则拆字、拆词行为将毫无意义。这些新语义关系既是为了从另一个角度重新解释原字、原词的意味，也体现了拆分出的元素与原字、原词之间的新联系。从整体上看，使用拆字、拆词是在改变能指形式的基础上获得构成新语义关系的条件，能指形式的变化服务于新所指形式的生成。

第三章

当代诗歌辞格系统（下）

一、所指形式层面的修辞手段

不同对象之间存在的相似性或邻近性关系是构成语义关系的基础，相似性关系和邻近性关系具体表现为不同对象之间具有某些相同的语义特征，以及不同对象之间具有表示两者相关的语义特征。在所指形式层面的各修辞手段也是以对象之间具有这两种语义特征为基础构成各种语义关系的。所以，根据修辞手段利用的是对象之间的相似性或邻近性，或是两种关系皆可构成语义关系，划分出三个修辞手段聚合体，即相似性聚合体、邻近性聚合体、相似性和邻近性混合聚合体。

由于分行的存在，当代诗歌完整的语义关系经常被切分为多个诗行，跨行或是一节诗才表示一组完整语义关系的情况并不少见。所指形式层面修辞手段的运用涉及的是完整语义关系，从分析语义关系的角度看，音句或诗行不宜作为分析的基本单位。

（一）相似性聚合体

从属于相似性聚合体内的修辞手段皆以所选对象之间的相似性作为构成语义关系的前提条件。在这个辞格聚合体内，比喻是最典型的、仅依靠对象之间的相似性就构成语义关系的修辞手段，它能作为相似性聚合体内的零度辞格，而其余修辞手段在相似性的基础上还有各自不同的使用条件,它们可作为相似性聚合体内的偏离辞格。从属于相似性聚合体的修辞手段有比喻、比拟、象征、拈连、移就、通感。为了构成偏离的语义关系,诗人在使用这些修辞手段时必然不会选择已知的或常见的具有相似性的对象,而是创造看似无相似性的对象之间的相似性。

1.比喻

利用比喻修辞手段构建语义关系,就是选择两个具有相似性但又有差异的对象做本体和喻体,其中相似性就是两个对象都共同具有的可能特征。比喻关系使本体和喻体在当前语境下暂时形成同一,所以可用喻体描绘本体,本体也会暂时获得喻体的某些特征以改变其原本的语义。从结构形式上看,比喻可分为明喻、暗喻和借喻三种基本类型以及其他变式。例如:

(72)《对眼》　伊沙

我的右眼里
有一条蚯蚓
它像火车那样
在泥土中
向前开着

蚯蚓!蚯蚓!

我的左眼里
有一列火车
它像蚯蚓那样

在大地上
朝前爬着

火车！火车！

诗歌的第一节选择“蚯蚓”做本体、“火车”做喻体，以两个对象都具有的可能特征[+向前行进]作为相似性构成语义关系，体现了生活在泥土中的“蚯蚓”具有很强的爬行能力。诗歌的第三节则将“蚯蚓”和“火车”的角色调换，选择“火车”做本体、“蚯蚓”做喻体，以可能特征[+向前行进的状态]作为相似性构成语义关系，“爬”凸显了火车行驶的动态过程。两组比喻关系以不同的可能特征作为相似性，使“蚯蚓”和“火车”互为本体、喻体，也凸显了各组关系中本体对象的不同特点，“蚯蚓”和“火车”之间构成了回喻的关系。无论是通过比喻关系使本体的特征得以凸显，还是回喻的语义关系，都是对“蚯蚓”和“火车”所指形式以及两者之间语义关系的创新。

(73)《米》 黄梵

热腾腾的米里，藏着冰冷的心事
它们想为割掉的稻秆叫冤——
春风曾叮嘱稻秆，要照看好弱小的米粒
直到镰刀割断稻秆的母爱

锅里的米，吸足了思念母亲的热泪
想成为愈合母亲伤口的白盐

现在,这群碗中的少女
裸露着白绸般的肌肤,将我拉入它们行刑前的静穆

我的牙齿冒充米粒,和它们交朋友
我的舌头,冒充献给它们的红玫瑰
它们不识我的真心,柔情似水
用白皙的手臂,挽住舌头和牙齿

直到牙齿卸下面具,把它们碾成白泥
直到我开始回味它们的痛苦
当我起身,离开这把刽子手的椅子
我又会找谁,再献上舌头的红玫瑰?

诗人首先利用拟人修辞手段使“米”“稻秆”“春风”获得人的可能特征,然后在此基础上形成一系列包含比喻的语义关系。在这首诗中,大部分比喻关系表现为借喻,即本体不出现,直接以喻体代替本体。如将稻秆与米的连接关系喻为母亲对孩子的爱和牵挂,投射至组合轴的是“稻秆的母爱”;将煮饭的水喻为“母亲的热泪”,将盐提高米饭口感的能力喻为愈合能力,将煮熟的米饭喻为“碗中的少女”,将大米表皮的颜色喻为“白绸般的肌肤”,将还未入口的米饭状态喻为“行刑前的静穆”,将米饭被咀嚼的状态喻为“挽住”,将嚼碎的米饭喻为“白泥”,这些比喻关系都以喻体直接投射至组合轴。此外,第三节以“冒充”作为喻词,以暗喻的方式使“牙齿”与“米粒”、“舌头”与“红玫瑰”形成比喻。这首诗包含了多组比喻关系,当诗人以喻体指代本体投射至组合轴,就是直接以偏

离的所指形式参与语义关系的构建。

(74)《被子》 黄梵

被子是蟒蛇,白天盘在床头
晚上把你吞入腹中
梦是它的胃,你每晚都成功逃出
清晨,当你下床,它饿得只剩一张皮

被子是情人,当你弃它而去
它气得病入膏肓,把自己蜷得像一座坟墓
当你晚上哄它,它又把你揽入怀中
鼾声是你的情话,哄得它呼呼大睡

被子是蜂巢,你是蜜蜂
当你满载而归
你向它吐出最甜蜜的梦
时常,梦的甜蜜又被诗人偷吃

被子是闲话,一辈子都裹着你
黑夜漫长,你在与闲话的搏斗中
等待着天明

全诗共四节,每节诗开头都是一组以“被子”为本体,其他对象为喻体的暗喻,这一系列本体不变、喻体变化的比喻关系构成了比喻的变式博喻。在第一节诗中,以可能特征[+形状][+长条状]作为相似性,形成“被子”与“蟒蛇”的暗喻。这组比喻关系一方面使“被子”获得了“蟒蛇”的可能特征,如[+盘];另一方面还以“被子”和“蟒蛇”的其他特征,如将人睡在被子中的状态与蛇吞噬的状态进行类比,以借喻的方式直接将“吞入腹中”投射至组合轴。以第一节诗为例,每节诗开头的暗喻关系都使“被子”获得了喻体的语义特征,并在该节的后续语义生成过程中以暗喻的语义关系为基础,形成其他的比喻关系,进一步说明“被子”与喻体的关系。在本体不变、喻体变化的博喻中,这一系列语义关系都是为了凸显本体潜在的不同所指形式,而这些所指形式也显然是偏离形式。

(75)《盲弹丛书》　臧棣

你不会弹琴。但我知道
在秋天,人人都是钢琴家。
这是一个不是玩笑的玩笑,也许
只有死神才听不懂它的含义。

我从一个钢琴家手里抽回
我的双手,我试着像他那样审视它们,
我想象着在钢琴家眼里它们呈现的内容——
带着苍白的纹路,它们像时间的洞穴里的爬行动物。

它们有十个细长的脑袋,肉感于敏感,
而我们只有一个。它们用脑袋弹琴,
每一下,都是一次完美的震荡。

而作为亲密的邻居，我们用脑袋

将听到的琴声分解成无色的液体，
并将它挤压进多雾的脑海。
从自然的幻觉的角度看，它们每根都不长不短，
微妙于普通其实并不普通。

它们引诱我重新回到
不可引诱的触摸，不原始，也不陌生。
凡可触摸之物，都会有某种地方
看上去像琴键。所以，杯盖是琴键；

所以，窗户是琴键；所以，枫叶是琴键；
所以，纠缠在铁栅栏上的花瓣是琴键；
所以，钥匙是琴键；所以，狐狸的尾巴是琴键；
所以，鲨鱼的牙齿是琴键；

所以，乌鸦的黑羽毛比乌鸦本身
更经常地充当着琴键；所以，水下的石头
是琴键；所以，你用过的硬币是琴键；
所以，你只要动下手指，世界就会战栗和恐惧。

在这首诗中，诗人在前五节构建了三组不同类型的比喻关系：以明喻的方式将手指与“洞穴里的爬行动物”进行类比；紧接着又以借喻的方

式用喻体脑袋指代本体手指;然后以暗喻的方式将手指弹琴的状态与“震荡”进行类比。诗歌也从“弹琴”转向了“触摸”,“凡可触摸之物,都会有某种地方/看上去像琴键。”,而“可触摸之物”与“琴键”之间的类比成为后续一系列比喻关系的语义前提。从第五节诗末行开始,诗人以可能特征[+可触碰]作为相似性构建了一系列本体不同、喻体皆为“琴键”的语义关系。这些句子结构相似且并列的比喻关系共同形成了比喻的变式博喻,它们体现了自然界中许多事物都可用于“弹奏”。这也应和了诗歌的标题“盲弹”,而“盲弹”的所指形式不再是本义不看琴键进行弹奏,而是指所有可触碰之物都可用于弹奏。

(76)《水波》　庞琼珍

我,现在,早晨六点,水波一样流动在水里
这之前,我的车,水波一样流动,在清早空荡荡的街上
这之后,我的人,水波一样流动,在办公室,会场,卷宗,审批单,手机
　　屏幕,电脑屏,电子屏,水波一样流动
间歇的午后,河边,青草,落叶,游船,货轮,汽笛,鸟声,海鸥,开启桥,
　　和在建的安阳桥,桥墩下微微地抖颤,你凝视水线的眼睛,
　　水波一样流动
这之前的之前,我如蝌蚪,在妈妈的子宫里,水波一样游动
这之后之后的我,水波一样流动,在透明的空气里

这首诗的每一行都构成了本体不同、喻体是“水波”的比喻关系。其中,诗行中的状语成分提示了本体的状态,如第一行诗的状语“早晨六点”和“在水里”说明了本体“我”此时处于洗漱的状态。诗人在洗漱的状

态与“水波”之间找到相似性可能特征[+有水流动],并将其作为构成比喻的基础。在第五行诗中,除了“开启桥”指代桥面上行驶的车辆外,这些并列的名词、名词短语与“水波”之间都以可能特征[+动态性]作为相似性构成比喻。在这些比喻关系中,诗人选择了处于不同阶段、状态、场景下的“我”作为本体,这些对象的上位概念可归纳为我的生活。诗人以博喻的方式使整首诗以可能特征[+变化]作为相似性,构成我的生活与“水波”的暗喻,即生活时刻都像水波一样在变化。这组语义关系体现了在当代诗歌中比喻修辞手段不仅被用于构建句子的语义关系,还能在诗歌内容的基础上构建诗歌的整体比喻,两种语义关系都生成偏离的所指形式,后一组语义关系更是直指这首诗的真正意味。

虽然上述诗歌例子只体现了部分比喻语义关系的类型,但也说明在一首当代诗歌中诗人可以同时构建多组、多类型的比喻关系,甚至还能以一整首诗的内容构成或凸显一组比喻关系。无论是单独的一组比喻关系抑或是由多组比喻关系构成的变式互喻、博喻等,诗人都倾向于选择差异程度更大、语义距离更远、相似性特征更抽象的对象构成比喻。在这种选择倾向下构成的语义关系会使本体,即诗歌需要描绘的对象形成新的、偏离于常规的所指意义。比喻是当代诗歌建立偏离所指形式最常用、最基本的修辞手段之一。

2. 比拟

比拟分为拟人和拟物,前者是把没有生命的物体、抽象概念或非人的生物当作人进行人格化描写,使它们暂时获得人的各种特征,如情感、行为能力等;后者则分为把人当作物和把这一事物当作另一事物两种情况。所谓当作,是指在话语中不会出现明显的提示语说明两个对象之间的关系,而是直接呈现表现比拟的结果。在当代诗歌中采用比拟修辞手段可以改变所选对象的类别属性,这有助于形成所指形式偏离的语义关系。例如:

(77)《灯绳》(节选)　侯马

灯绳带来的光明感更强烈
灯绳带来的黑暗更彻底
灯绳做梦都站得笔直
以便暗中的手在固定的位置握住它
灯绳同样的一个动作
却可以带来相反的两个后果
对此灯绳一无所知
它只是一旦错了就再试一次
更早的时候
灯绳要浸身火海才有光明
它有金刚不坏之躯

诗歌围绕“灯绳”构成了一系列语义关系描述它的各种特征,其中,“灯绳”所具有的“站得笔直”“同样的一个动作”“一无所知”“一旦错了就再试一次”“浸身火海”等特征,都是诗人采用拟人修辞手段对“灯绳”进行人格化描写的结果。在这些语义关系中,“灯绳”获得的新特征都是对它的常规特征、本义的偏离,同时这些新特征也是人们未曾关注到的、潜在的“灯绳”的细节特征。

(78)《与儿子对话》 冰峰

吃饭时
我对儿子说,再吃一点吧
你在长身体,需要营养
儿子说,我的硬盘已经占满
让我先去趟厕所
删除一些垃圾文件吧
我张了张嘴,无言以对

儿子胖了,脸色也越来越好看
我就学着儿子的腔调说,你的显示器
色彩好像更明亮了
儿子说,我的显示器没变
只是换了显卡
显存已经是4个G的了

儿子的数学考了100分
我就高兴地说,儿子是越来越聪明了
我的CPU升级了
以前是奔3的,现在已经是奔4了
我回头笑着对妻子说,要不
我们把主板换了
再生一个儿子吧

儿子说,你们要换主板

还不如给我买一台新电脑呢

在例(78)中,父子对话涉及的词语或表达方式,如“硬盘已经占满”“删除一些垃圾文件”“你的显示器/色彩好像更明亮了”“显卡”“显存已经是4个G的了”“CPU升级”“奔3”“奔4”“主板”,它们原本都从属于计算机聚合空间,但在这首诗中的所指意义都不是本义,而是诗人使用拟物修辞手段,把人体器官及其功能当作计算机配件。比如“硬盘已经占满”和“删除一些垃圾文件”是指需要进行排泄,“CPU升级”指大脑运算速度提高、处理任务的能力提升。拟物使人体器官及其运作过程的表达有了新的同义手段,这些同义手段必然是常规表达的所指形式偏离。

(79)《树林》(节选)　黄广青

从前是一株

一株野心

一株流血

一株成功

一株是一株又一株又无数株

直到株满野心的版图

并且茂盛

茂盛蔚蓝的每一块角

　　　　　每一块角落

量词“一株”通常与植物进行搭配,但在诗歌中与“一株”搭配的对象“野心”“流血”“成功”都是抽象概念或动词。这些表达方式是诗人利用拟物修辞手段,把抽象概念、动词当作植物再形成的组合。与修饰植物的量词组合形成的超常搭配,使“野心”等表达抽象概念的词语变得有形,这也是对其本义的偏离。

(80)《帽子》 黄梵

风一来,头上的帽子就想跳崖
想倒光它装满的黑暗
想抱住地上青草的卑微命运
它不喜欢被我顶礼,高高在上

它要像柳条那样,弯下腰去
看虫蚁花草没有一个穿着衣裳
地上的纸屑、痰迹,也拥有自己的忧伤
它不知道,它用口含住的这颗头颅
其实是一滴浑浊的大泪珠

我坐在山间的风口
知道它像一只鸟,想回到正在盘旋的鸟群
知道它对我,早已日久生厌

当风把它吹落在地
心高气傲的我,也只得向它低头弯腰——

拾起帽子的一瞬
我认出,它就是儿时的我啊

在这首诗中,根据诗人对“帽子”的描述,如“跳崖”“抱住”“用口含住”“日久生厌”等,表现出拟人后“帽子”具有了人格化的特征。拟人使“帽子”以新特征与“我”产生关联,双方保持着看似亲密又想脱离的关系。双方的关系与诗歌最后一行“它就是儿时的我啊”又说明诗人最终把“帽子”与“儿时的我”进行类比,“帽子”的特征又成为“儿时的我”的特征。由此可见,诗人所选对象因比拟修辞手段而改变原本属性,获得其他对象的特征,这也是诗歌后续构成比喻关系的前提条件。

诗人所选对象在经过比拟后获得人或其他事物的特征,再与原本不可能组合的对象共同构成语义关系,由于所选对象的性质发生了变化并且也打破了其原有的语义关系,此时诗歌新构成的语义关系是偏离的。虽然比拟和比喻都能使所选对象或本体获得新可能特征,但两种修辞手段仍有不同。采用比拟构成的语义关系直接呈现拟人或拟物后的新变化,需要通过与它组合的其他对象确定是拟人或拟物。比喻修辞手段则更多呈现本体、喻体相似的过程,即便是借喻也能提示人们本体是什么。不过,在运用比拟时,被比拟对象与另一对象之间也存在一定的相似或相关之处,否则也很难建立比拟关系。从这个角度看比拟与比喻有一定的共同点,可以将比拟看作比喻的延伸。所以,诗人在构建当代诗歌语义关系的过程中也会经常连用比拟和比喻两种修辞格。

3.象征

象征是指在不直接描述甲事物的情况下，根据甲事物与乙事物的关联，以只描述乙事物的方式使人联想到甲事物。当代诗歌经常使用象征修辞手段使整首诗构成以某个对象象征某种情感、精神的语义关系。例如：

(81)《历史博物馆的青铜奔马》 王家新

呵，马在飞腾，马在奔腾，
一个民族正伏在马背上冲刺！
可是，为什么呵，为什么——
蹄声突然中断，路在周围消失？

问马马不语——它已变成了铜雕，
　　变成一段青苔斑驳的历史……
呵，如果你能复活，我愿托起你飞呵，
我年轻的心，就是那奋起献身的燕子！

在诗人笔下，马踏飞燕雕塑中的“马”，正驮着一个民族向前奔腾，但突然停止奔跑，前进的道路也消失了，使人由此联想到中华民族的发展屡遭重挫，而铜奔马也象征着中华民族的坎坷命运。原本被“马”踩着的“燕子”与“我”融为一体，愿为托起“马”再次飞奔而助力。“燕子”象征着青年人将自己的发展与祖国的腾飞联系在一起。作为历史文物的马踏飞燕雕塑原本是中华民族的象征，但诗人独辟蹊径，在原有象征的基础上，将雕塑中的“马”和“燕”分开进行描述，使它们各自象征与光辉历史正好相反的意义，形成了对固有象征的偏离。

(82)《阳光中的向日葵》　芒克

你看到了吗
你看到阳光中的那棵向日葵了吗
你看它,它没有低下头
而是在把头转向身后
它把头转了过去
就好像是为了一口咬断
那套在它脖子上的
那牵在太阳手中的绳索

你看到它了吗
你看到那棵昂着头
怒视着太阳的向日葵了吗
它的头几乎已把太阳遮住
它的头即使是在太阳被遮住的时候
也依然在闪耀着光芒

你看到那棵向日葵了吗
你应该走近它看看
你走近它你便会发现
它的生命是和土地连在一起的
你走近它你顿时就会觉得
它脚下的那片泥土

你每抓起一把
都一定会攥出血来

三节诗歌分别表现了不愿朝向太阳、要咬断太阳的绳索、与太阳抗争的“向日葵”,怒视太阳、企图遮蔽太阳且自我闪耀的“向日葵”,以血扎根泥土不愿屈服于太阳的“向日葵”。在这首诗中,“太阳”的所指形式偏离了常见的发出光芒、照耀大地等积极意味,转而象征主宰他人命运的独裁者;“向日葵”的所指形式完全偏离了本义中的向阳属性,象征着觉醒的人对自己所受压迫的抗争。诗人选择悖反“向日葵”自然属性的方式,使它与抽象的精神品质产生象征关系,也打破了更常见的“向日葵”象征健康、活力的语义关系。

(83)《双桅船》 舒婷

雾打湿了我的双翼
可风却不容我再迟疑
岸啊,心爱的岸
昨天刚刚和你告别
今天你又在这里
明天我们将在
另一个纬度相遇

是一场风暴、一盏灯
把我们联系在一起
是一场风暴、另一盏灯

使我们再分东西
不怕天涯海角
岂在朝朝夕夕
你在我的航程上
我在你的视线里

诗人选择围绕“风”“岸”“风暴”“灯”等意象构建语义关系，这些意象并不指向其本义，比如“可风却不容我再迟疑”，此时“风”不再指空气流动的现象，借助联想可以解读出在诗歌语境下“风”象征着一种紧迫感或使人产生动力的助推剂。不只是“风”的象征对象有两种理解，其他意象所象征的对象也有不同解读。一种是，“岸”象征着女性的爱情归宿，“风”象征着紧迫感，“风暴”象征着时代的动荡与变化，“灯”象征着光明与信念，整首诗表现了在时代变化下，青年对爱情，对个人信念的追求。另一种是，“岸”象征着个人追求的目标，“风”象征着动力，“风暴”象征着阻碍和考验，“灯”象征着指引，整首诗表现了青年不畏艰难、朝着自己的目标努力前进的决心。诗人重新构建被象征对象与象征意味之间的语义关联，这一方面使该对象的所指形式产生了偏离；另一方面象征修辞手段的运用需要借助联想，不同读者可以通过联想对象征对象的语义关系进行不同解读。

诗人在利用象征修辞手段构建语义关系时，既要考虑甲、乙两个对象之间的相似程度，又要考虑象征关系的所指形式偏离程度。针对后者，当代诗歌不宜重复使用公共象征或构建与公共象征意味相近的语义关系，它们都是被重复使用或已经固化了的语义关系。诗人只有创造出仅属于这首诗的“私人象征”，才能更好地体现所指形式的偏离，这也是当代诗歌追求的目标。

4.拈连

“拈连,指的是当甲乙两件事情并提或连续出现时,故意把只适用于甲事物的词语,顺势也用于乙事物上去。而在一般情况下,乙事物同这个词语是联系不上的。”[①]“拈连辞格的基本要素有三个:本体、拈体和拈词。”[②]本体指甲事物,它是用来拈引出乙事物的引子;拈体指乙事物;拈词指同时与本体、拈体搭配的词语。诗人使用拈连修辞手段的过程,是在本体与拈词常规搭配基础上再构成拈体与拈词的超常搭配。例如:

(84)《呵雾》 肖开愚

山头呢? 房屋呢? 人呢?
请不要再哈气
请不要催眠今天
请不要驱赶,不要
请不要张嘴
请不要相信空气的浮力

辜负了头一次善意的渴望
辜负了伸出去的手
辜负了灿烂的面孔
辜负了迷人的腰
辜负了保密太久的晨光
辜负了静静焚烧的道德

① 王希杰.汉语修辞学(修订本)[M].北京:商务印书馆,2004:408.

② 周春林.拈连的辞格要素及其辞格结构类型[J].毕节学院学报,2009(03):8.

我潮湿的身体已经到达中午
我低热的心思已经到达中年
我看着雾散进微弱的阳光
我穿行于塑像的丛林
我打开铅字几乎逃光的书
我劝慰小小的梦想

在第二节诗歌中,“辜负”与“渴望”的搭配是恰当的,“渴望”具有与“辜负”组合的可能特征[+希望],而从第二节第二行至第六行,“辜负”分别拈来五个原本不能与它搭配的对象。虽然这五个对象不具有与“辜负”共现的可能特征,但为了构成组合,诗人给它们临时增加了可能特征[+希望],从而实现与“辜负”的强制共现和超常搭配。

(85)《青青阶上草》(节选)　余秀华

她扯了扯挂在台阶上的裙边
也扯动了黄昏和湖水
哦,湖水,只有他的身影还在波光里荡漾

原本可与拈词“扯”进行搭配的词需要具有可能特征[+固体][+可被拉][+变化],“裙边”具有这些可能特征,它与“扯”之间的搭配是正常的。而拈体“黄昏”“湖水”虽不具有可能特征[+固体][+可被拉],但都具有可能特征[+变化]。因此,为了形成超常搭配,诗人有意凸显拈体原有可能特征[+变化],削弱它们原有的其他可能可能特征,强行赋予它们可能特征[+固体][+可被拉]。

(86)《我应该是一角大西北的土地》(节选)　章德益

我应该,我应该是一角
大西北的土地
一角风,一角沙,一角云絮
一角红柳,一角胡杨,一角沙碛

与数量短语“一角”进行常规组合的“土地”具有可能特征[+实体空间],而拈体“风”“沙”“云絮”“红柳”“胡杨”“沙碛”只具有可能特征[+实体][+占有空间]。为了构成拈词与拈体的搭配,诗人临时将拈体具有的可能特征[+占有空间]转为[+实体空间]。超常搭配使“风”“沙”等对象的存在方式变得具体可感,同时“一角”也着重凸显了被修饰对象范围、数量较少。

(87)《早市的太阳》　严力

看着自己在早市上拎着一袋食品
一袋
各种各样的叫卖声
一袋
经过精打细算的脂肪蛋白质以及维生素
一袋
生活的重量

很久很久地
我继续站在路口品味自己的生命
日常是多么自然
太阳拎着一袋自己的阳光

与数量短语“一袋”进行常规组合的对象应具有可能特征[+具体事物][+有体积],所以,“一袋”与“食品”形成常规搭配。诗歌中与“一袋”拈连的对象“叫卖声”“脂肪蛋白质”“维生素”“生活的重量”都具有可能特征[+抽象事物],其中除了“脂肪蛋白质”和“维生素”指代肉和蔬菜,获得可能特征[+具体事物]外,其余两个对象都被诗人强制看作具体事物,获得可能特征[+有体积],才实现与“一袋”的超常搭配。“一袋”与四个拈体的搭配使后者从抽象变为具体,甚至有了数量和质量。

在用拈连修辞手段构成语义关系的过程中,诗人要将本体的可能特征强行赋予拈体,或从拈体可能特征中找到与本体可能特征相似之处,才能使本体和拈体在诗歌语境下临时形成相似,再构成拈词与拈体的搭配。正是由于拈词与拈体的共现特征具有强制性和临时性,并且改变了拈体原本的性质,使它获得新可能特征,所以这种超常搭配形成的新语义关系表现出所指形式偏离。

5.移就

移就指有意识地把适用于甲事物的词直接运用于乙事物。与拈连不同的是,移就可以直接构成移用词语与所描写对象之间的修饰关系。“移就,是多种多样的,其中值得注意的是‘词语换位’和‘移情’。”①“词语换位”是指通过改变修饰成分的语用范围,将它用于修饰乙事物或场合。

① 王希杰.汉语修辞学(修订本)[M].北京:商务印书馆,2004:412.

“移情”是把描写人类情感的词语用于修饰其他事物,即移人于物。诗歌中还会出现把描写事物的词语用于修饰人或把描写一个事物的词语用于修饰另一事物,即移物于人或移物于物。例如:

(88)《城市的风景》 伊沙

切·格瓦拉叼着雪茄
谈笑风生的样子
出现在城中心
一个巨大的广告牌上
我们的商人已经长大
开始告别“做女人挺好”的小机巧
懂得了要以理想主义的嘴脸
去掏理想主义者的腰包
是一种更优雅更时尚也更高级的玩法
我和儿子碰巧从下面经过
儿子问我:这人是大老板吧?
我想了想
回答他说:
是大老板
但是没钱

(89)《参透苍蝇》 伊沙

不知何时从何处
飞进来一只苍蝇

骚扰了我的午睡
满屋子找苍蝇拍
没找着
干脆直接用手拍
拍不着
后来我想起一妙招

干脆拉开纱窗睡觉
很快再无骚扰
小样儿
我不是洞悉你
放荡不羁爱自由
而是参透你
追腥逐臭欲无穷
世界那么大
还有更臭的

例(88),在名词短语“理想主义的嘴脸”中,通常用于修饰褒义对象的“理想主义”,此时被用于修饰具有贬义色彩的对象“嘴脸”。“理想主义”的移就是褒词贬用,以此掩盖商人牟利的嘴脸。例(89)的语言表达呈现出口语化倾向,但在描述“苍蝇”所具有的特征时,诗人却使用了描述人的“放荡不羁爱自由”和偏书面语的“追腥逐臭欲无穷”。这是把具有庄重色彩的表达移用于描述日常生活中常见的、令人厌恶的“苍蝇”身上。

(90)《问题的核心》 黄梵

棕色的东西
其实是蓝色的
黄色的爱情
其实白得单纯
红色的杀戮
其实是黑色的背叛
有些缓慢
其实刺刀一样冲动
亮得耀眼的
其实灰得惭愧
夸耀你的
其实是蓄意的省略
喷薄而出的英雄
其实是委身者
成就其实
是累了的被拒绝
我和你
虽然不同
其实一样要面临结束

例(90),诗人构建了一系列以颜色词修饰名词的短语,如“黄色的爱情”“白得单纯”“红色的杀戮”“黑色的背叛”“灰得惭愧”。颜色词原本用于修饰具有这种颜色的事物,而诗人将这些词语移物于人,用于修饰人的行为、情绪。这种搭配构成的前提条件是颜色词和被修饰对象的可能特征之间存在语义关联。以“红色的杀戮”为例,“红色”的可能特征[+激烈]和“杀戮”的可能特征[+凶狠]之间具有相似性,而“杀戮”引发的流血又与“红色”具有相关性,由此构成两个对象之间的超常搭配。另有“喷薄而出的英雄”,将原本修饰水涌起或太阳涌上地平线的“喷薄而出”移物于人,用于修饰“英雄”的出现,两个词语因都具有可能特征[+动态性]而构成搭配。

(91)《太阳城札记》(节选) 北岛

《爱情》

恬静,雁群飞过

荒芜的处女地

老树倒下了,戛然一声

空中飘落着咸涩的雨

《姑娘》

颤动的虹

采集飞鸟的花翎

《青春》

红波浪

浸透孤独的桨

例(91),《爱情》中“咸涩的雨”,把形容味道的“咸涩”移物于物形容原本无味的“雨”,两者共同具有的可能特征[+味道]作为构成搭配的条件,并使“雨”在获得味道属性的情况下,也获得了“咸涩”的比喻义难受的感觉。《姑娘》中“颤动的虹”、《青春》中“浸透孤独的桨”,分别把修饰动作发出者的“颤动”、修饰人情绪的“浸透”移人于物,修饰物体“虹”和“桨”。“虹”和“桨”拟人后具有人格化特征,就能与修饰人的词语形成搭配。值得注意的是,移人于物把原本形容人的修饰成分直接用于修饰物,使其具有人的特征,也是比拟修辞手段的表现。

无论是词语换位还是移情,诗人利用移就修辞手段使原本不具有修饰关系的两个对象重新组合、搭配,形成新的语义关系。新语义关系的构成一方面是提取出两个对象之间的共性特征作为共现条件;另一方面也是打破常规逻辑,从一个人们从未体验过的角度突出了诗歌描写对象的特征或本质。

6.通感

通感又称移觉,是指在描述事物过程中,用形象性语言把人们对该事物产生的某个感官感觉移到另一感官感觉上。诗人利用通感修辞手段构成的新语义关系是对人们常规认知、体验的打破。例如:

(92)《盲弹丛书》(节选)　臧棣

而作为亲密的邻居,我们用脑袋

将听到的琴声分解成无色的液体,

并将它挤压进多雾的脑海。

(93)《一种缓慢的过程》(节选)　余秀华

美甜蜜而危险,它均匀用力,拉出明亮的感叹

例(92),由听觉感觉到的“琴声”转移到触觉感觉到的“无色液体”,“无色液体”与指代“大脑”的“脑海”具有相关性,因此“琴声”进入“脑海”也就具有“液体”的属性和触觉。诗人利用通感重新描述了大脑接收“琴声”的过程。例(93),诗人对“美”的描述经历了多种感觉的转移,先从视觉感觉到的“美”,转移到味觉感觉到的“甜蜜”,再度转移到由移就构成的搭配,即视觉感觉到的“明亮”与听觉感觉到的“感叹”之间的组合。诗歌利用通感实现不同感觉转移的过程使抽象概念“美”变得具体。

(94)《她脸上的尘土是笑声》(节选)　罗羽

一碗南瓜小米汤,是微火煮的
暖身,和将来的雪平行,在生活的脆弱处
给热依汗惊喜,和攀上两扇窗户的力气
南方的枇杷树还在绿
她带着货车回来
脸上的尘土是笑声
在想象中完成行程

(95)《芭蕉》　刘年

每个黄昏,穿满襟衣的母亲,会站成第四棵芭蕉
反复地呼唤。她的声音,是翠绿的

往往开骂了，我才应

有时在麻山，有时在巴那河，有时在椿树田，有时在幺妹家

像剥开芭蕉叶的粑粑，像反复揉过的泥巴

那时，每一个黄昏，都是糯的

例(94)，“脸上的尘土是笑声”既是将视觉感觉到的“尘土”转移到听觉感觉到的“笑声”，也是在诗歌语境下，从代表辛勤劳作的“尘土”和“笑声”中提取出可能特征[+快乐]作为相似性构成暗喻关系。例(95)中，“她的声音，是翠绿的”和“每一个黄昏，都是糯的”两组语义关系，诗人利用通感实现感觉转移，即将听觉感觉到的“声音”转移到视觉感觉到的“翠绿”，将视觉感觉到的“黄昏”转移到触觉感觉到的“糯”。诗歌语境下“母亲”已被喻为“芭蕉”并获得“芭蕉”的可能特征[+绿色]，在“声音”与“母亲”具有相关关系的情况下，“她的声音”与“翠绿”构成新的借代关系；在“黄昏”分别与“粑粑”“泥巴”构成比喻关系的情况下，表示“粑粑”“泥巴”质地的“糯”也可成为“黄昏”的喻体，从触觉角度形容“黄昏”。例(94)和例(95)都在利用通感构成新语义关系的基础上，让对象携带新获得的可能特征再参与其他语义关系的构建，使诗歌构成的语义关系所指形式偏离程度更大。

诗人利用通感修辞手段将原本不属于描写对象的感觉转移至它身上，试图以两种感觉交汇的方式构成语义关系，重新描述该对象的特征。新语义关系所体现的新特征是现实社会中不可能存在的感觉，所以它们也是对对象原本所指形式的偏离。

(二)邻近性聚合体

利用邻近性聚合体内的修辞手段构建语义关系时,诗人需要考虑所选对象之间在认知上是否具有邻近性,或者是否能够创造出对象之间新的邻近性。当代诗歌依靠对象之间未曾被发现的或重新创造出的邻近性关系构成的语义关系,它们的所指形式必然偏离于以常规邻近性构成的语义关系。从属于邻近性聚合体的修辞手段有借代、反讽、双关、引用、对照、层递。在这个辞格聚合体内,借代可以直接通过对象之间的邻近性构成语义关系,而其余修辞手段在邻近性的基础上还有各自不同的使用条件,所以借代是邻近性聚合体内的零度辞格,其余修辞手段是偏离辞格。

1.借代

"所说事物纵然同其他事物没有类似点,假使中间还有不可分离的关系时,作者也可借那关系事物的名称,来代替所说的事物。"[①]"借代,就是借彼代此,不用人或事物的本来名称,借用同它具有相关关系的人或事物的名称来称呼它。"[②]王希杰认为修辞学界过去对借代修辞格的定义,"往往重视'代',而忽视了借代的条件。通常的定义强调的是不用本来的名称,而用与它相关的名称"[③]。在这篇文章中,王希杰从借代和空符号、有名称但我不知其名的借代、非名词性的借代等三个方面论述了借代修辞手段的使用并非只是名称之间的替代,也不应把借代修辞手段的使用范围局限于名词。关于形成借代的条件,王希杰认为"修辞学中的相关关系,主要是指在特定文化中被认可的相关关系,所以是一种特

---

① 陈望道.修辞学发凡[M].上海:上海教育出版社,1997:80.

② 王希杰.汉语修辞学(修订本)[M].北京:商务印书馆,2004:403.

③ 王希杰.借代的定义和范围及本质[J].毕节师范高等专科学校学报,2004(02):1.

定的文化现象"[①]。

无论是"不可分离的关系",还是"相关关系",强调的是借代发生在有关联的两个对象之间,但借代辞格的定义都没有明确其形成条件具体指的是什么。虽然认知语言学讨论的转喻是认知方式之一而非辞格,但它与借代在构成条件上有相似之处,即形成借代的"相关关系"可被描述为形成转喻的"邻近关系"。"转喻建立在三种邻近性基础上,包括空间邻近性、时间邻近性和因果邻近性。"[②]胡方芳(2008,2012)对邻近性的类别做了进一步思考,从邻近性的稳定程度区分出稳定的邻近性与偶然的邻近性、客观的邻近性与认知者主观动因的协调、认知框架之间各成员的邻近关系。胡方芳提出的邻近性类别实际上有助于说明诗人在构建借代关系过程中如何兼顾创造性。例如:

(96)《诱人的排比句》 余笑忠

一棵树被锯倒
一棵树在倒下时
决然摆脱所有羁绊
扫荡了相邻的枝枝叶叶
一棵树罪人一样倒下,自嘲
为时已晚
被砍掉枝丫
被简化为木头
被削掉寸寸肌肤
直到它服服帖帖

① 王希杰.汉语修辞学(修订本)[M].北京:商务印书馆,2004:404.

② 转引自:张辉,卢卫中.认知转喻[M].上海:上海外语教育出版社,2010:33.

转而承受一切:作为餐桌,作为衣橱
作为我们屁股底下的座椅
作为爱巢,作为淫乱之床
作为一条破枪
作为镂空的器具,作为木鱼
作为纵情歌唱的音箱……
在无限多样性的排比句面前
我就像一个盲人
被一个能说会道的家伙领着
不知道他要带我去往哪里
他总是说:跟随我,我就是你的手杖

诗人以“树”为对象,根据整体与部分的邻近性关系,构成“树”与“木头”之间的借代关系;又根据容器与其功能的邻近性关系,从木制品聚合空间中选择了一系列对象,即“餐桌”“衣橱”“座椅”“爱巢”“淫乱之床”“破枪”“镂空的器具”“木鱼”“音箱”,与“树”形成借代关系。基于邻近性关系和“树”的不同变化,诗人构建了“树”与这些对象之间的词语借代,新对象也能携带不同可能特征作为“树”的偏离所指形式。

(97)《真正的富足》　吕达

木质八音盒,是我拥有森林的一部分;
一只小陶器,是我拥有音乐伟大的一部分;
幽默的侍者递给我们一只大汤勺
是我们拥有时光快乐的一部分;

什刹海的冰面在夜色下反射着岸边的灯光
是我们拥有人类的一部分；
地下铁里，我第一次离你的睫毛如此近
是我拥有你的一部分；
你把围巾绕在我脖子上
是我拥有你的爱的一部分；
你有一个姐姐，你们有着多么相似的眼睛
是你拥有生命神奇力量的一部分；
看见遥远的星辰
是我们拥有浩瀚宇宙的一部分；
现在你也可以把它称为曙光。

这首诗几乎全部以"……是我拥有……的一部分"的句子结构构成一系列语义关系，其中省略号指变动部分。在一组语义关系中，变动部分的对象之间，如"八音盒"和"森林"、"小陶器"和"音乐"、"大汤勺"和"时光快乐"等，相互之间具有"部分-整体"的邻近性，可以形成对象之间的借代关系。这些借代关系是诗人有意选择邻近关系并不稳定和显著的对象构成的，表现出借代关系生成的偶然性和创造性。诗歌构成的借代关系以凸显何为"拥有"为目的，使本体和代体同时出现。同时，数组借代关系之间没有明显语义关联的并列，又共同指向了诗歌的主题"富足"。"真正的富足"是人们从具体对象的存在中感受到的情感和精神的满足。

(98)《金鱼》(节选)　于坚

金鱼首先可以用另一种能够移动的事物来形容
因为移动和移动是相似的
比如说裙子和风的移动　妃子和盔甲的移动
或者午夜在光芒中的移动或者　暗杀在镜子中的移动
但这些移动都是干燥的　金鱼会在这样的叙述中死去
于是时间也必须随之错位　犹如词的多米诺骨牌
所有的词都要脱离时间　顺着一个方向　金鱼的方向　错位
必须是不能核实的时间　不锈钢的时间　以及液体的时间
词能够像鸟类那样自由飞翔的时间
一个词的含义无关要紧　这是一个整体的错位
一批词　在鱼缸中错位　妃子和盔甲是金鱼
裙子是金鱼　镜子中的刀锋是金鱼

但金鱼本身并不移动　故国三千里
它一直在客厅的一角　代表主人的外表
它的动作是为了让客人　想到另一个词组
客人们完全可以不说金鱼　而说
皇帝孤独　大臣们衣冠楚楚

所以　叙述金鱼可以与金鱼本身无关　你可以从这个词出发
进入在现实中它会死去的地址
把它用一些优美的代词置换　比如金鱼=钢琴
…………

我还可以假定这个词有效　jin yu
它就是与我共存于一间客厅中的另一个活动物
在玻璃和水之间　这是它的选择和必然的界限
把我本身与它本身隔开
它的有效就是我的失效
我和主人的谈话没有水分　不可能涉及金鱼
除非我言不由衷　别有所图

第一节诗，以“移动”作为相似性，建立了“妃子”“盔甲”“裙子”“刀锋”与“金鱼”之间的比喻关系；第二节诗，又从拟人和暗喻角度，将“金鱼”的生存状态比作“皇帝孤独”。两节诗构成的语义关系表现出丰富的联想和抒情意味，它们构成的“叙述金鱼”为“金鱼”增添了许多新内涵，但与金鱼本身似乎无关。最后一节则直指金鱼本身，即语音能指形式为“jin yu”、有生命体征的动物。“叙述金鱼”和金鱼本身都是“金鱼”认知框架内的对象，它们相互之间具有邻近性，也分别与“金鱼”具有邻近性，而诗人利用金鱼本身凸显的本义解构“叙述金鱼”的附加内涵，实现以本义重新命名“金鱼”，与“金鱼”形成借代关系。借助本义和偏离意义之间的语义邻近性，形成语义解构的做法，使原本作为零度形式的本义成为新的偏离形式，以此消解和否定用其他方式生成的偏离形式。

(99)《假象学协会》　臧棣

散步途中，我常常会经过
一排铁栅栏。栅栏的后面
围着三只猛犬。两条德牧，一条比特。

听到脚步后,它们会抬起前爪,
狂乱扑打栅栏,并冲着我
发出凶狠的吼叫。它们的吼叫里滚动着

一只用喜鹊的骨头做成的戒指。
看那威猛的阵势,就好像走过的
每个人都是潜在的试戴者。

有了这栅栏,自由似乎是一种假象。
没有这栅栏,三条大狗随时都会扑过来
把我掀翻在牙齿的自由里。

返回的路上,仿佛有东西诱导我这么想,
这排栅栏只是缩小了我的活动空间,
却并没有缩小我的自由。

而且很可能,没有栅栏的自由

是更大的假象。就如同我们宣称过
没有主人;而栅栏后面,狗从来就不信。

诗歌围绕“我”“栅栏”“猛犬”所处的位置和相互关系构成语义关系。一方面,当“栅栏”表示围住、困住时,它的存在使“我”和“猛犬”都失去了空间，双方的自由都受到限制，则“自由似乎是一种假象”。根据因果邻近性，此时“栅栏”与不自由之间形成了借代关系。另一方面，当“栅栏”表示保护时，如果在“我”和“猛犬”之间不存在栅栏的保护，则自由“是更大的假象”。同样根据因果邻近性，此时“栅栏”与“自由”之间形成了借代关系。“栅栏”的不同所指意义使其分别与不自由和自由形成借代关系，前一组借代关系表现出“栅栏”与“自由”的悖反，而后一组借代关系才诠释了何为真正的自由。诗歌通过创造“栅栏”与“自由”的借代语义关系，引申出对自由的假象的探讨，即没有真正、绝对和放纵的自由。

(100)《假肢工厂》　伊沙

儿时的朋友陈向东
如今在假肢厂干活
意外接到他的电话
约我前去相见
在厂门口　看见他
一如从前的笑脸
但放大了几倍
走路似乎有点异样
我伸出手去
撩他的裤管
他笑了：是真的
一起向前走
才想起握手
他在我手上捏了捏

完好如初
一切完好如初
我们哈哈大乐

这首诗的内容描述了一次朋友会面的过程,从刚见面时肉眼可见的"一如从前",到"撩他的裤管""握手""捏了捏"后确认的"完好如初""哈哈大乐",诗人依靠约定俗成的邻近性构成了各组语义关系。这些语义关系在表面上通过"一如从前"和"完好如初"表现出肯定,即朋友之间都没有发生变化,但实际上又通过撩裤管、握手、捏了捏等试探性动作凸显了怀疑。肯定与怀疑之间的对立显示出诗人重构两者之间邻近性的过程。根据部分与整体的邻近性,诗歌内容构建的肯定与怀疑关系还可指代和讽刺现实生活中表面真实实则虚假的丑陋一面。

(101)《木耳》　鲁若迪基

是木头
是木头长出的耳朵
木头的耳朵
它听到了什么声音
当它被人活活扯下
木头是不是暗叫了一声
我们把它煮熟
放进嘴里的一刹那
只一声脆响
我们仿佛咬了自己的耳朵

那一刻
我们木了

诗人首先利用拆词将“木耳”拆分成“木头”和“耳朵”，拆分出的对象成为“木耳”认知框架内的新成员，它们相互之间具有邻近性。根据认知框架内成员之间的邻近性，“木头长出的耳朵”“木头的耳朵”与“木耳”之间形成借代关系。被人格化后的“木头的耳朵”，在生长过程中具有听声音的功能，在采摘场景中又表现出发出声音的特征。转换到食用场景，诗人又利用“耳朵”作为相似，表现人们吃木耳的感受“仿佛咬了自己的耳朵”，以及利用双关，用“木”表示人们食用后的状态。诗歌围绕生长环境、采摘、食用、人的感受四个变化的场景构成语义关系，它们都与“木耳”拆分出的对象有关联，也表现出诗歌以更具有创造性的所指形式重新描述了“木耳”。在这个例子中，借代关系中的代体不仅是本体的偏离所指形式，也参与新语义关系的构建。

当代诗在利用借代修辞手段构建语义关系时，并不拘泥于语义关系中是否只出现代体，也常常出现本体和代体同时出现并在语义关系中直接呈现两者之间具有的邻近性。虽然对象之间的邻近性关系类型是有限的，但借助邻近性构成的借代关系是无限的。当诗人有意识地放弃选择具有稳定邻近性关系的对象，而是利用偶然的邻近性和主观认知的变化，选择从未发现邻近性的对象构成借代关系时，就是在尽力将潜在的借代关系显性化，而潜性借代关系的数量是无法估计的。所以，以重新发现的邻近性为基础构成的借代关系，不仅是具有创造性的，它的所指形式也必然是偏离的。

2.反讽

反语是指:“说反话,或反话正说,或正话反说。反语也有表里两层意思。表层意思,是词语和句子本身所固有的,即话语的字面上的意思。骨子里的含义,是这个特定上下文和交际情景所赋予的,是说写者的真正含义之所在……它的表里两层意思永远是正好相反的。”[①]“反语可以分为讽刺反语和愉快反语两种。讽刺反语表示讽刺和嘲弄。”[②]反语辞格中的讽刺反语是当代诗歌中经常使用的修辞手段。在诗歌语境下,诗人通过反语的形式构成语义关系并表现出讽刺意味。根据当代诗歌的具体情况,更适合将讽刺反语即反讽作为单独的修辞手段进行讨论。例如:

(102)《张常氏,你的保姆》　伊沙

我在一所外语学院任教
这你是知道的
我在我工作的地方
从不向教授们低头
这你也是知道的
我曾向一位老保姆致敬
闻名全校的张常氏
在我眼里
是一名真正的教授
系陕西省蓝田县下归乡农民
我一位同事的母亲

① 王希杰.汉语修辞学(修订本)[M].北京:商务印书馆,2004:296.
② 王希杰.汉语修辞学(修订本)[M].北京:商务印书馆,2004:297.

她的成就是
把一名美国专家的孩子
带了四年
并命名为狗蛋
那个金发碧眼
一把鼻涕的崽子
随其母离开中国时
满口地道秦腔
满脸中国农民式的
朴实与狡黠
真是可爱极了

全诗以口语化的表达和常规的邻近性构成了两组语义正反对立的语义关系，即面对外语学院正牌教授我从不低头的态度和把农民出身、帮美国专家带孩子的保姆"张常氏"看作"真正的教授"的认可态度。语义的对立来自围绕"教授行为"这一概念创造出的邻近性，即"真正的教授"张常氏与正牌教授不同的教学内容和成果：张常氏言传身教仅用四年时间就使美国孩子的生活习性与一般的陕西孩子无异，而正牌教授只是在学校里教知识。因此，在诗歌语境下，"保姆"偏离了她原本的身份特征，获得了新身份"教授"，并以此讽刺了体制内正牌教授的教育方式。

(103)《纪念我的团团》 张曙光

他死了，我们把他埋在了楼下的小花园。
他死了，在大清早我还看见他在阳台练习着腾跃。

他死了,我们把他装进了一个精致的纸盒。
他死了,在我挖坑的时候,女儿和妻子捧着纸盒坐在长椅上等待。
他死了,长椅的周围撒满沾满泪水的纸巾,像三月的残雪。
他死了,我们埋葬了他,埋葬了他带给我们所有的快乐。
他死了,我忘记了那个晚上是否有月亮。
他死了,他的一生短暂而安宁。
他死了,带走了他漂亮的毛皮和最后的痛苦。
他死了,带走了他的善良、可爱和他的孤独。
他死了,去了另一个世界探知生和死的秘密。
他死了,把悲哀留给了我们细细地品尝。
他死了,我们只能在照片DV和梦里见到他。
他死了,他的同类仍在街头被装在笼子里作为商品出售着。
他死了,他的命运像所有人的命运,并不在自己的手中。
他死了,一岁半。至死他都是个单身汉。
他死了,自从来到我家,他再没见过自己的同类。

全诗共十七行,每行诗开头都是“他死了”的反复。诗歌的第一至十三行凸显了“团团”死后的情景以及家人们对他的怀念,说明他短暂的一生是被人爱着的。第十四行则体现了与其他同类相比,“团团”更是幸福的。但诗歌的第十五至第十七行则凸显了“团团”获得幸福所付出的代价,“命运,并不在自己的手中”“至死他都是个单身汉”“他再没见过自己的同类”,即他获得幸福的代价是失去掌握自己命运的主动权和放弃自由。诗歌前十三行和后四行的内容之间存在正反对比和对立,诗歌表面上突出的是宠物“团团”幸福的一生,而真正意图却是以反话正说的方式凸显家养宠物的不幸福,讽刺家养宠物获得的所谓的幸福剥夺了他们的天性,并不是真正的幸福。

(104)《在埃及》 柏桦

在埃及
妇女去市场做买卖
男人安坐家中纺织;
妇女用肩挑东西
男人用头顶东西;
妇女站着小便
男人蹲着小便。

在埃及
我们在外面街上吃东西
大小便却在自己家里
(不体面的事密行之
反之,宜公开);
儿子不必扶养父母
女儿则必须。

在埃及
男人有两件衣服
妇女仅有一件;
人与畜一块儿居住

不像别地,人畜分开过活;
我们用手拌泥土、抓粪便
却用脚来和面。

在埃及
我们穿麻布制的衣服
纸草做的凉鞋;
口渴时,用青铜杯饮水;
运笔时,从右向左书写;
为了身体的清洁
我们割除了包皮。

在埃及
我们吃牛肉、鹅肉、葡萄酒
不吃鱼、豚及任何动物的头;
而蚕豆,连看一眼都恶心
那是不洁的豆类;
真好,人人在冷水中沐浴
白天二次,夜里二次。

整首诗表面上是肯定在埃及的各种生活条件、生活环境很好,内里表现的是女耕男织、男女不平等、人畜混住、生活习惯不卫生等。诗歌围绕埃及生活各种片段之间具有的邻近性,形成表面内容与内里内容的对立相反,以内里内容讽刺社会生活的落后和不和谐。

诗人利用反讽修辞手段，围绕同一事件或同一事实，构成诗歌表面、内里两个层面正反对立的语义关系。两层语义关系都与同一对象有关联，所以两者之间也具有邻近性，只是内里语义关系表示的反讽意味才是诗歌真正想要表达的意义。由于采用正话反说或反话正说的方式构成语义关系，所以直接呈现在诗歌内容上的表层语义关系已经是对常规语义关系的所指形式偏离，而内里语义关系反讽意味的凸显离不开表层语义关系的由表及里，这也导致反讽意味的实现过程是偏离它原本的所指形式的。

3.双关

双关是指在特定语境下，使同一对象同时具有两层或两层以上的意思。与反讽不同，双关的表里两层意思并不一定是相反和对立的，而是同一对象的不同所指形式，所以它们之间具有邻近性。诗人利用双关修辞手段在诗歌语境下围绕同一对象创造表里两层语义关系及其关联性。例如：

(105)《太太留客》　胡续冬

昨天帮张家屋打了谷子，张五娃儿
硬是要请我们上街去看啥子
《泰坦尼克》。起先我听成是
《太太留客》，以为是个三级片
和那年子我在深圳看的那个
《本能》差球不多。酒都没喝完
我们就赶到河对门，看到镇上
我上个月补过的那几双破鞋

都嗑着瓜子往电影院走,心头
愈见欢喜。电影票死贵
张五娃儿边掏钱边朝我们喊:
"看得过细点,演的屙屎打屁
都要紧着盯,莫浪费钱。"
我们坐在两个学生妹崽后头
听她们说这是外国得了啥子
"茅司旮"奖的大片,好看得很。
我心头说你们这些小姑娘
哪懂得起太太留客这些龌龊事情,
那几双破鞋怕还差不多。电影开始,
人人马马,东拉西扯,整了很半天
我这才晓得原来这个片子叫"泰坦尼克",
是个大轮船的外号。那些洋人
就是说起中国话我也搞不清他们
到底在摆啥子龙门阵,一时
这个在船头吼,一时那个要跳河,
看得我眼睛都乌了,总算挨到
精彩的地方了:那个吐口水的小白脸
和那个胖女娃儿好像扯不清了。
结果这么大个轮船,这两个人
硬要缩到一个吉普车上去弄,自己
弄的不舒服不说,车子挡得我们
啥子都没看到,连个奶奶

都没得！哎呀没得意思，活该
这个船要沉。电影散场了
我们打着哈欠出来，笑那个
哈包娃儿救个姘头还丢条命，还没得
张五娃儿得行，有一年涪江发水
他救了个粉子，拍成电影肯定好看
——那个粉子从水头出来是光的！
昨晚上后半夜的事情我实在
说不出口：打了几盘麻将过后
我回到自己屋头，一开开灯
把老子气惨了——我那个死婆娘
和隔壁王大汉在席子上蜷成了一坨！

在方言和谐音的作用下，诗人使"《泰坦尼克》"与"太太留客"形成谐音双关。表面上"《泰坦尼克》"是一部讲述真挚、凄美爱情的电影，内里则是"我"对这部电影的假设，即电影名称是"太太留客"的三级片。诗人花了大量篇幅描述了"我"对《泰坦尼克》这部电影只描写男女主人公爱情的不满，也体现了"我"所理解的两性关系就是性关系。而回到家后"我"发现妻子出轨，则真正对应了"太太留客"这个短语暗含的性意味，这也是对"我"的两性观的讽刺。

(106)《手》　宋晓贤

一病三十年
母亲的手

疼得变了形

母亲从不会跟人握手
她的手　实在
拿不出手

诗歌中的“手”表面上指人体的手部器官、生病后变了形的“手”,它和握手、伸手之间具有邻近性。所以,母亲生病后“拿不出手”的表面意义是不愿伸出手,而内里又指因病痛造成手变难看,不好意思伸出来。通过“手”,表层语义和内里语义实现语义双关,诗歌也借助语义双关突出了母亲生病后的痛苦、难受。

(107)《熟了,已经熟了》　李云
我们熟了,已经熟了
挂在枝头,风一吹,就要坠落了

我们熟了,已经熟了
我们手牵着手,爬上山坡
再往上爬,就走“下坡路”了

熟了,我们已经熟了
你就是摸索着,也能认出我的皱纹
我就是闭着眼,也能背诵你的呼吸了

熟了,我们太熟了
我们熟得彼此热爱彼此怀疑了
我们熟得一起对着镜子
恶狠狠地说:你永远都不知道我多爱你!

在诗歌语境下,第一节和第二节诗的“熟了,已经熟了”是指植物的果实或种子长成。诗人利用拟人修辞手段将这些成熟的果实描述成“我们”,并呈现成熟果实的状态。第三节和第四节诗的“熟了,已经熟了”则是指因常见而知道得很清楚,即熟悉。经过拟人后,成熟的果子之间因共同生长而相互熟悉,诗人又把果子之间的熟悉感指向两性关系,即两性之间的熟了表现为清楚知道对方的一切信息和一举一动,甚至熟悉到在爱中包含恨。因此,诗歌中反复出现的“熟了,已经熟了”,包含果实成熟和熟悉两层意思,即同一对象的语义双关。前一种意义作为铺垫引出后一种意义以及诗人用“熟了”指代两性之间的关系。

(108)《当归谣》 柯原

当归,这祖国常见的药材,
在台湾却变得分外珍奇,
不仅因为它有奇异的疗效,
更因为它有亲切的名字。

少见呵,祖国的当归,
人们耐心地四方寻觅,
谁能想方设法买到一点点,

顿时传开好消息……

今天,权把当归作赠礼,
用红线捆扎,用红绸包起,
当归,当归,不用细说,
就会明白这名字的含义。

红炉炭火煮当归,
水汽蒸腾飘香气,
深深地吸几口呵,浓郁的乡土味,
能不勾起万缕情思?

当归,当归,当归呵!
人同此心,心同此理,
这是历史的潮流——
台湾一定要归到祖国的怀抱里。

这首诗围绕“当归”展开语义关系,表面上“当归”是名词,指一味中药,而从“亲切的名字”“不用细说,/就会明白这名字的含义”等诗歌内容中,又可推导出“当归”的内里意义,即短语结构应当回归。从表层的词语到内里的短语结构,诗歌围绕“当归”形成语法双关。诗歌借助“当归”的内里语义关系凸显期盼台湾回归的迫切心情。

诗人利用双关修辞手段,围绕一个对象重新建立表里语义关系,其中表层语义关系通常是该对象的本义或常见所指形式,而内里语义关系则会选择偏离的所指形式或利用其他修辞手段构成与表层语义关系有邻近性的所指形式，表里语义关系就是对该对象的常规所指形式的一种偏离。在表里关系中，内里语义关系往往与诗歌真正想表达的意味紧密关联。诗歌表达的意图可以直接表现为内里语义关系的凸显，也可以是内里语义关系与诗歌文本外的语境相结合以凸显新的意味。

4.引用

引用就是在当前的话语中插入或引入已经存在的话语或内容。在当代诗歌中，诗人也常采用引用修辞手段，将其他文本的内容、对象或元素引入正在创作的诗歌中。诗人采取引用修辞手段的目的不一定是为了增强说服力，而是与克里斯蒂娃提出的“互文”概念有关。互文强调的是篇章与篇章之间的关系，“克里斯蒂娃的互文概念表明，我们在理解篇章时不能把它当成一个独立系统，而应该把这个篇章看作一个具有差别性、历史性的系统。这个篇章有他者的轨迹和痕迹，因为它受到了其他篇章结构的影响，是对其他篇章的重复和转换”①。而狭义互文是指，“用互文性来指称一个具体文本与其他具体文本之间的关系，尤其是一些有本可依的引用、套用、影射、抄袭、重写等关系”②。诗人将其他文本的内容引入诗歌必然使主篇章和客篇章③产生新的邻近性，被引用的内容也会与主篇章内的其他内容产生新的联系，又或者被引用的内容在主篇章中被重新诠释。当代诗歌可以利用主篇章和客篇章的元素交叉共同构建新的语义关系。例如：

① 徐赳赳.现代汉语互文研究[M].北京：北京师范大学出版社，2018：10.

② 秦海鹰.互文性理论的缘起与流变[J].外国文学评论，2004(03)：26.

③ “主篇章”和“客篇章”分别指当前正在创作的篇章和引用内容的“原始篇章”。

(109)《读叶慈〈在学童中间〉中译末二行》 西西

那么多人译叶慈,叶芝还是叶慈
我是广东人,我想,叶慈读起来更动人
《在学童中间》的末二行
叶慈这样写:
O body swayed to music, O brightening glance
How can we know the dancer from the dance?

卞之琳这样译:
随音乐摇曳的身体,啊,灼亮的眼神
我们怎能区分舞蹈与跳舞人
(只有一个啊音,押了脚韵)

裘小龙这样译:
噢,随着音乐摆动的身体,明亮的眼睛
我们怎样区分舞蹈和跳舞的人?
(中间的噢音移到句头
末行沿袭卞之琳)

傅浩这样译:
呵,伴着音乐摇摆的身体,呵,照人的眼神
我们怎能区别舞蹈和跳舞的人?
(两个呵音都齐了
末行仍是卞之琳)

袁可嘉这样译:
随乐曲晃动的躯体,明亮的眼神
怎叫人把舞者与舞蹈分清?
(眼神与人协韵
舞者与舞蹈协头韵)

杨牧这样译:
啊旋向音乐的肢体,啊闪光一瞥
我们怎能自舞辨识舞者?
(舍弃脚韵,但译出了头韵
旋向贴近 swayed to
舞与舞者,正是 dancer 和 dance)

读原著是读作者吧
读译本是读译者吧
谁是叶慈的代言人?
所有的译本都只是过渡吧
啊不一样的星空,啊别样的山水
我们如何自译诗认识诗人?

这首诗分别引用了叶慈诗歌的两行原文以及不同中国诗人的译诗原文,每节译诗原文之后的括号内容是本诗作者对译诗的评价。来自不同客篇章的译诗内容成为被评价的对象,客篇章与主篇章之间因评价而产生新的邻近性,并且它们共同服务于本诗的主题。诗人评价的目的是引出最后一节关于原诗与译诗、原诗作者与译诗译者关系的反问,而从诗人评价的内容、反问中暗含的答语可见,诗人将原诗与译诗、原诗作者与译诗译者都视作独立的作品和独立的创作者,所以读者不可能通过再创作的译诗作品了解原诗作者。

(110)《读姚合〈寄李干〉——为荷兰语汉学杂志〈文火〉而作》　王家新

寻常自怪诗无味,
虽被人吟不喜闻。
见说与君同一格,
数篇到火却休焚。

我已看见了那火
它自己燃烧了起来
它饥饿的舌头
对我已是一种引诱
但同时
它也照亮了什么

(它照亮了什么?)

是的就是那火
我早已听到它猎猎的呼唤
但我仍将写下去

为了屈从于灰烬
也为了满足
我自己的饥饿

我已听见了那火。

诗歌直接引用了姚合的诗歌《寄李干》全文作为题记，古诗表达了诗人虽自感诗才不佳，但当听说有人认为他的诗与李干的风格相似时，即使自感夸奖过度也不敢烧掉这些诗。当代诗歌选择了古诗中出现的“火”和“焚”两个对象重新构成语义关系。古诗直接根据“火”与“焚”的邻近性构成语义关系，而在当代诗中“火”被拟人后具有了人的属性，在它身上表现出自我燃烧的特征，这也是诱惑人坚持写作的光亮。虽然“火”和“焚”的所指形式有所变化，但古诗和当代诗歌在主题上仍有联系，都表现出对写作的追寻。

(111)《鹅毛扇：诸葛亮的第三张脸》 西川
关羽挥大刀，张飞耍长矛，诸葛亮只好玩鹅毛。

诸葛亮挽袖子拔鹅毛做成鹅毛扇，鹅毛扇遂成为诸葛亮的第三张脸。
面孔是第一张脸有无皱纹不重要。双手是第二张脸
是否细白不重要。而这第三张脸正是他手里的鹅
毛扇。它将使诸葛亮永远活在人世间。

老天爷！他哪里需要鹅毛扇！他所要的只是一张真正的脸：

一张有鹤影掠过的脸,
一张妙计安天下的脸,
一张面具,从云间发话:“关羽、张飞给我听令!”
千年以后锣鼓铿锵,诸葛亮来也,鹅毛扇来也。
震得观戏的小诸葛们甘拜下风——不能不服老诸葛!

小诸葛们比着老诸葛挥动鹅毛扇,在土匪窝或战地指挥所。

只有当他们戴上这张鹅毛面具,他们才敢似是而非地,煞有介事地,
想一想,聊一聊成王败寇,以及历史的必然和偶然。

这首诗没有直接引用具体的文本内容,而是选择围绕历史人物建立语义关系。“关羽”“张飞”“诸葛亮”以及他们的故事是中国人熟悉的内容,当代诗歌在引用这些内容的基础上,对诸葛亮的羽毛扇进行重新描述,把羽毛扇当作诸葛亮的化身。诗人从历史上和人们认知中运筹帷幄的诸葛亮拉回到现实社会,将历史上、戏台上的诸葛亮与现实社会中自比诸葛亮的人做对比,前者曾真正指点天下,后者只能嘴上点兵,由此重构古今“诸葛亮”之间的邻近性,也使引用的内容成为当代诗歌建立语义关系的元素。

(112)《燕园入门——拟臧棣》　华清

燕园就只剩下草木了,你这穿牛仔的骚狄
讲一口纯正京腔的骚狄,漫步在一华里长的
花园与十亩湖塘旁的骚狄。花白头发的

被多少女生仰慕的大叔骚狄……也如
跛足的帅哥爵士——不，是被他骂过的
桂冠诗人，另一译名是叫作骚塞，一个
居湖畔的绅士，时髦的说法是叫作大叔。
唉，你的词语已玩到了极致，回转中擅有
连绵不绝的句式，模仿者众多，也包括我
和那些嘲骂兼崇敬你的家伙。你的燕园
如今有一堆不开花只睡觉的睡莲
它们睡在昔日的死水，与今朝的泡沫中
听那里的晨钟，在湖水里荡出层层涟漪
幻灭的朝阳在那里升起，又在林中夕照里
渐次沉寂。听，唯有这池塘中已退化的青蛙
还在回忆着浅草中前贤们互文的脚步
那里曾被当作风雨之声的读书声，回应着
你在针尖上玩得精熟烂透的词语之舞。呵
我多想将你高攀为兄弟，并不懈地向你学习
学习你已玩得出神入化的精湛手艺
你的“燕园协会”“草木丛书”，以及
你“嵌套”的草木背后，被施了法术的词语
让我刚刚“入门”就已凉透的屁股匆忙抬起
并为这冰凉的园子失神丧气，又着迷不已

由于诗歌围绕着当代诗人臧棣及其诗歌创作情况构建语义关系，所以诗歌的引用并没有具体的出处，而是从“臧棣”这个已知的聚合空间内选择和引用相关对象融入这首诗,如臧棣学习工作的“燕园”、臧棣诗歌中常见的“协会”“丛书”“入门”系列以及臧棣的诗歌技艺“嵌套”等。这首诗引用的对象是已存在的、公认的“知识”,它们既是可充作语境的认知背景,也会产生客篇章和主篇章之间的互文性,并为主篇章提供构成语义关系的元素。这些元素融入诗歌后,共同构成诗人描述臧棣精湛修辞技艺的语义关系。

(113)《六十年不遇丛书——悼北京7.21特大暴雨中死难者》(节选) 臧棣

我打电话过去时,线路茫茫,
忙音比无辜唯一,殷勤你从四面八方
请不要挂机。请给耐心一点时间,
或者,为什么不呢?请给时间更多的耐心。
我仿佛被说服了。我的耐心
开始像一盘棋。水已漫上街道,
抛锚的小轿车像暗夜里
刚被盗挖开的坟墓。
你中有我怎么可能比漫过来的水有经验呢。
水,正在变成洪水;
水,顷刻间从现实涌向内心,

诗歌的副标题提示了诗歌写作的背景是一个现实生活中发生的事件。将“北京7.21特大暴雨”事件看作一个聚合空间,它也成为诗歌引用的来源。诗人从聚合空间中选择和引用了最突出的元素“水”,并围绕它来描述特大暴雨过程中人、水、环境之间的关系。“水”成为洪水，漫过街道，使轿车变成坟墓，人在焦急等待各种信息，焦急的内心仿佛也注满了水。“水”分别与事件、现实情况、人的心情产生了关联，围绕着“水”与这些对象产生的邻近性，诗歌构成的语义关系表现了人类在面对突发自然灾害时内心的恐慌和绝望。

当代诗歌的引用来源主要是已存在的文本内容、作为知识或已知的聚合空间内的象。诗人把引用的内容看作新的、可参与语义关系构建的元素，而它们之所以被引用，是因为诗人能够重新挖掘出诗歌内容与引用对象之间的邻近性。在当代诗中，这些被引用的对象原本的语义关系可能被保留，也可能被重新书写，成为新建的、专属于这首诗的语义关系。诗人在当代诗歌构建语义关系过程中使用引用修辞手段，就是为了从再创造的角度使被引用的对象与其他对象共同构建新的语义关系。

5.对照

“对照，就是把两个对立的事物或一个事物的两个对立的方面放在一起，加以比较。”[①]对照修辞手段的使用并非直接体现在一组语义关系的构成上，而是表现为不同语义关系或围绕不同对象构成的语义关系之间的对比，也就是所指形式的对比。对于当代诗歌而言，使用对照修辞手段的前提条件是诗人重新发现两个事物或一个事物的两个方面之间存在邻近性，然后围绕两个对象进行对照或围绕诗人重构的不同对象或不同方面的语义关系进行对照。例如：

① 王希杰.汉语修辞学(修订本)[M].北京:商务印书馆,2004:258.

（114）《女人是海边的灯塔》　刘年

女人如果能够上船，她说
宁愿出海，也不愿待在岸上

晒鱼、补网、带娃
没有凶险，但头发白得快
船一出海，就担心
迟回来一天，就急
有一次，迟回来一个星期
女人是磕着长头，去海边的

她算幸运了，这次只等了三天
浏河镇有个女人，每天都去海边
已经等了二十七年

诗歌以一个女人不愿留岸上生活、宁愿出海捕鱼的想法引出了女人们过往的经历，这个女人两次在岸边着急地等待返航的船以及浏河镇的女人在岸边等待了二十七年。一个女人等回家人，另一个女人永远在等待家人，两个女人不同经历的对照都使诗歌内容共同构成的语义关系指向岸上的女人对出海家人的担心和盼归。诗人从女人的担心和盼归中提取出可能特征[+一直等待]，从“海边的灯塔”中提取出可能特征[+一直矗立]，两者之间存在的相似性构成了诗歌标题的比喻关系“女人是海边的灯塔”，也暗含了女人像灯塔一样始终在岸边苦苦等待海上返航的家人。

(115)《动物》　孙晓杰

我和两只隐秘的动物住在一起

一只是老虎。像人们看见的那样
它有金黄的皮毛
但胸腔里藏着一颗山羊的心
它的心越虚弱，它便越吼叫；越捕杀，越噬咬
招摇的尾鞭
在金黄的皮毛上留下一道道黑影

一只是山羊。只有少数人知道
它有一颗老虎的心
它阅尽世事，出生时就长满苍老的胡须
它的心越强大，它便越柔软；越安静，越温顺
它只吃一些青草
对屠夫发出痛惋的哀音

我和许多隐秘的动物住在一起

在这首诗中，诗人分别重构了“老虎”和“山羊”的形象。从性格特征看，“老虎”拥有“山羊的心”，虚弱的内心决定了它捕杀、噬咬、摇尾的行为都是为了掩盖自身的虚弱，还在皮毛上留下了黑色的痕迹。“山羊”则拥有“老虎的心”，内心强大、阅历丰富，所以安静、温顺，旁观屠夫的行

为。重构形象后,“老虎”像暴躁的虚弱者,“山羊”则是洞悉世事、悲悯的老者。诗人以两个动物原本特征互换的方式构成它们的形象,这既是对它们原本所指形式的偏离,也形成了两个动物之间的对照,表现出两个动物角色、性格的颠倒,所以才能称为“隐秘的动物”。

(116)《在场者诗》　伊沙

长安城中过
举头望天空
大师像超人
未长翅膀也能飞

哦！这就是唐朝

长安城中过
平视看众生
形容枯槁
目不识丁

哦！这也是唐朝

诗人从“举头望”和“平视”两个角度观察“长安城”的人,有能飞上天的“大师”即能力超凡的人,也有平凡、生存不易的平民。两类人的对照凸显了人和人之间的阶级差异,它们都是“长安城”的一部分,而“长安城”又以部分与整体的邻近性成为“唐朝”的指代。也就是说,这种差异和对照是一个国家的一部分。诗歌内容上的语义对照，也可以是诗人有意创造的表层关系，以此借古喻今，暗示百姓多艰而少部分人却高人一等。

(117)《取道徐州》　轩辕轼轲

刘邦取道徐州
要去长安
项羽取道徐州
要去垓下
曹操取道徐州
是来屠城的
李煜取道徐州
是去亡国的
他们都带着
各种宏大的使命
硬生生把徐州
从驿道走成了要道

我此番取道
是去重庆
和诗人们相聚
既不会输掉江山
也不会建立王朝
趁着夜色

我在街头遛了一圈
又把徐州从要道
遛回过道

诗人通过描述刘邦等古人为了完成宏大使命取道徐州,凸显了徐州在古代是重要的地理位置,而在现代徐州只是与朋友相聚路上的一个城市,这种变化取消了徐州曾在古代具有的重要地位。诗歌围绕徐州在古代和现代的作用分别构成相反的语义关系,由此形成的古今对照也贯穿全诗。而这组古今对照的语义关系不只是说明了一个城市地理位置重要程度的变化,也在说明古今生活的变化。

由于使用对照修辞手段,不同语义关系之间的对比会贯穿整首诗,这也可能成为诗歌继续建立其他语义关系的前提条件。所以,对照修辞手段对当代诗歌修辞活动的影响不在于直接构成一组语义关系,而是影响诗歌的语义组织。由对照修辞手段产生的语义关系之间的对比也能作为整首诗的语义框架。

6.递进

递进,就是采取阶梯式关系组织三组或三组以上语义关系的排列组合,以此表现客观事物的发展变化过程。递进可分为递升和递降两种类型。递升的语义变化过程由浅到深,由轻到重,由低到高;递降的语义变化则与递升相反。诗人在重新发现不同语义关系之间具有的邻近性基础上,使用递进修辞手段呈现语义关系之间的有序变化和层层加强,以此重新诠释客观事物的发展过程。例如:

(118)《环》 陆辉艳

为了避免在众多的婴儿中被混淆
你出生那天
年轻的护士给你
系上标识:一个柔软的手环
作为这世界的第一份礼物,上面写着
病床号,以及你妈妈的名字

我的无名指上
有一枚普通戒指
它联系着我
和另一个人的一生

在妇科诊室,女医生
拿着一个麻花金属环
她把它置入一个人的身体深处
这冷冰冰的器物
阻止了更多的明天和可能

我的奶奶,终身被
一种看不见的环牵制
直到她进入棺木
变成一堆白骨

全诗共四节,每节诗都围绕“环”在不同时期的不同指代对象构成语义关系。婴儿时期的出生手环代表世界对婴儿的欢迎,结婚时的指环代表与另一个人约定相伴终生的诺言,育龄妇女的节育环是断绝再生育的工具,老妇人身上无形的环则指控制她一生的伦理道德之环。对于一名女性而言,四个“环”的相继出现体现了时间上的递升变化,而“环”本身具有的束缚、包裹作用,也在四个不同阶段呈现出加强和递升的变化。诗人重新发现不同的“环”与女性身份变化之间存在的邻近性,诗歌也以“环”的语义关系递升突出了女性一生所受到的各种身体、精神上的束缚。

(119)《时间简史》 江非

他十九岁死于一场疾病
十八岁外出打工
十七岁骑着自行车进过一趟城
十六岁打谷场上看过一次,发生在深圳的电影
十五岁面包吃到了是在一场梦中
十四岁到十岁
十岁至两岁,他倒退着忧伤地走着
由少年变成了儿童
到一岁那年,当他在我们镇的上河埠村出生
他父亲就活了过来
活在人民公社的食堂里
走路的样子就像一个烧开水的临时工

诗人分别从年龄聚合空间中根据倒序的顺序选择对象，以及从经历聚合空间中选择对象构成一系列语义关系。每组语义关系包含的年龄线索表现出时间的递降："他"在不同年龄阶段的经历直接以最严重的死亡作为开始，而围绕"他"的经历构成的语义关系也在受苦程度上表现出递降。诗人利用递降修辞手段串联起整首诗的语义关系。这些描述了"他"一生经历的语义关系，甚至包括"他"出生之前"他父亲"的经历，都体现出底层人民辛苦、卑微的生存状态，以及诗人对年轻农民工悲惨一生的怜悯。

(120)《父亲与土地》 牛庆国

家里有一亩三分自留地的时候
父亲说　还不如他屁股上的一块补丁大哩
那时他正对土地有一股狠劲
后来分了责任田　二十多亩
父亲还嫌少
把自家的地埂越削越细
硬是多削出一垄地来
那年　王跛子搬城里开小卖铺了
父亲把人家的十亩地一种就是五年
恨不得让每一株庄稼
都长成一棵大树
可从大前年开始　父亲叹息一声
先是把王跛子家的地还给了人家
说老了　实在犟不过地了

后来在自家的陡坡地里全种上树
不种粮食了
再后来只留下门前的几亩梯田
今年过年　父亲说梯田也不种了
送给我四弟种吧
说时一脸对不起自己领土的痛苦
想起二十年前
父亲非要给在岔里找个媳妇
就是为了多分几亩责任田
后来妹妹出嫁了
一大片好地被划了出去
父亲心疼得真想扑到地埂上
在那里好好咬上几口
如今　父亲蹲在门口晒太阳的
风从他耕种过的地里刮来
眼看土就要埋到他的脖颈了
我知道一个农民　最终留给自己的土地有多大

年轻时,父亲与土地的关系表现为强烈的种地热情,他用尽一切办法想要拥有更多种植庄稼的土地。“还不如他屁股上的一块补丁大哩”“二十多亩/父亲还嫌少”“多削出一垄地来”“把人家的十亩地一种就是五年”,都表现出随着种植面积的不断扩大,父亲的种地热情也持续上涨,各组语义关系表现出逐步递升。而从大前年开始,父亲把地“还给了人家”“自家的陡坡地里全种上树”“只留下门前的几亩梯田”“送给我四弟种吧”,都表现出父亲的种地热情急速下降,直至老迈不能种地,一个热爱土地的农民留给自己的土地大小就是埋葬自己的空间。这些表现种地热情下降的语义关系呈现出逐步递降。整首诗以递升、递降修辞手段串联各组语义关系,表现出农民与土地的亲密关系变化过程与他的年龄、体力成反比,但农民扎根土地的信念永远不会改变。

诗人在使用递进修辞手段时,表现递进变化的语义关系会贯穿整首诗。递进修辞手段既能起到组织前后语义关系的作用,语义关系之间递升或递降的趋势也能反映出诗歌描写对象的变化过程,诗歌以循序渐进的方式构成表现变化的所指形式偏离。描写对象的变化趋势与诗歌真正想要表达的意图之间密切相关,前者也能够凸显后者的意味。

(三)相似性和邻近性混合聚合体

相比于相似性聚合体和邻近性聚合体内的修辞手段,有些修辞手段的应用既可以根据对象之间的相似性构成语义关系,也可以根据对象之间的邻近性构成语义关系,一个辞格内包含两种构成语义关系的视角,所以将这些修辞手段归入相似性和邻近性混合的聚合体。无论是重新发现对象之间的相似性还是邻近性,诗人都能利用这些修辞手段构成所指形式偏离的语义关系。从属于相似性和邻近性混合聚合体的修辞手段有夸张、映衬。

1.夸张

夸张,就是在使用语言过程中故意夸大或缩小事实。夸张修辞手段分为直接夸张和间接夸张,前者指不借助任何修辞手段直接夸大或缩小事实,后者指需要借助比喻、比拟等修辞手段共同实现夸张;也可分为扩大夸张和缩小夸张。以直接夸张的方式构成的语义关系,各对象之间具有新的邻近性;间接夸张则需要在对象之间的相似性基础上构成语义关系。诗人使用夸张修辞手段构成的语义关系既有悖于常规认知,与常规语义关系相冲突,也能从非常规角度使所描写对象获得新特征。例如:

(121)《雷锋出差》 小云

雷锋出差一千里
好事爬了一火车
一火车好事爬上两报一刊
两报一刊爬出六亿个雷锋七亿个雷锋
爬呀爬一直爬满十三亿个雷锋

牺牲一个雷锋
诞生了n个活雷锋
东北人成活雷锋
全国人民成活雷锋
真是的——
雷锋惹事啦
事惹媒体啦
媒体惹克林顿啦
克林顿惹印度巴基斯坦出核弹啦
核弹惹日本鬼子啦
日本鬼子惹经济发达啦
经济发达惹水土流失啦
水土流失惹黄河泛滥啦
黄河泛滥惹贪污腐化啦

贪污腐化惹陈胜吴广啦
陈胜吴广惹封建迷信啦
封建迷信惹打倒啦
打倒惹事歧视啦
歧视势惹河南人啦
河南人惹谁啦

这么多事
都是雷锋惹的

这么多事
惹得中国人烦
这么多事
惹得中国人受不了
这么多事
惹得中国人都趴下了

最后实在没办法
十三亿中国人趴下了
一个雷锋爬起来

这首诗多处利用直接夸张和扩大夸张的方式再加上移就修辞手段共同构成语义关系，如“好事爬了一火车”“一火车好事爬上两报一刊”“两报一刊爬出六亿个雷锋七亿个雷锋”“诞生了n个活雷锋”等，这些语义关系主要表现了数量的夸张。在诗歌末尾的“一个雷锋爬起来”则是以缩小夸张的方式构成。这首诗的扩大夸张表现为以极大的数量代替部分,直接缩小则是以极小的数量“一个”代替全部。诗人在一首诗中同时使用扩大夸张与直接缩小的方式描述“雷锋”的数量,包括诗歌的最后两行直接从扩大夸张转向直接缩小。诗歌以直接夸张和直接缩小的方式呈现了不同内涵的“雷锋”,两者之间形成了语义对照。

(122)《在日照》　雷平阳

我住在大海上
每天,我都和大海在一起,穿着一件
又宽又大的蓝衣裳,怀揣一座座
波涛加工厂,漫步在
蔚蓝色天空的广场。从来没有
如此奢华过,洗一次脸
我用了一片汪洋

在这首诗中,“洗一次脸/我用了一片汪洋”是诗人利用直接夸张的方式构成的语义关系。除此之外,诗人利用间接夸张的方式,构成一系列描述“大海”特征、具有比喻意味的动宾结构,如将“海面”喻为“穿着一件/又宽又大的蓝衣裳”,将波浪翻滚的景象喻为“怀揣一座座/波涛加工厂”,将乘船喻为“漫步在/蔚蓝色天空的广场”。诗人在这首诗中相继使用间接夸张和直接夸张两种手段构成所指形式偏离的语义关系表现“我”在海上的感受。

(123)《苦难》 田禾

假如我死了,亲爱的人们
请从我身体里取出苦难
我生命中最珍贵的东西,只有它
最被人藐视的东西,也是它
有今生的苦难也有前世的苦难
它应该含有许多粮食的元素
和泥土的钙质,干净,本色
有长的苦难也有短的苦难
如果把它们连接起来
就是我的一生。如果一节一节摘取
都是我艰难的岁月,或
零零碎碎悲苦的日子

我的重量就是我苦难的重量
我的体积就是我苦难的体积
但有时它轻得可以让一粒粮食提起来
也有时小得可以让一枚硬币挡住

诗人把没有具体形态的抽象概念“苦难”喻为有形的、身体的一部分,所以它的物质成分被重新描述为含有“粮食的元素”“泥土的钙质”,颜色是“干净”“本色”,形态是“有长的”“有短的”等。经过比喻,“苦难”获得了一个实物应具有的特征。诗人在诗歌的最后四行先将“我的重量”“我的体积”分别与“苦难的重量”“苦难的体积”进行等量代换,又采用间接夸张和缩小夸张的方式,将“苦难”的“重量”和“体积”分别与“一粒粮食”和“一枚硬币”进行类比,突出重量之轻和体积之小。在这首诗的语境下,无论“苦难”如何变形,它都与“我的一生”紧密相连。

诗人无论是通过邻近性使对象直接与另一个带有夸张成分的对象进行组合,还是通过相似性使对象与另一个对象以夸张的方式形成语义关系,这些语义关系已经从悖离常规的角度使所指形式产生了偏离。运用夸张修辞手段构成语义关系还需要符合当下的诗歌语境,不使夸张超出人们可理解的范围和限度,否则包含夸张的语义关系就是无效的。

2.映衬

映衬是指为了突出某个对象或中心思想,选择具有相似性或邻近性关系的对象作为背景进行对照和从旁烘托,使需要突出的对象更加明显。作为背景的对象与需要突出的对象之间是相近或相反的关系,前一种关系形成正衬,后一种关系形成反衬。映衬修辞手段在当代诗歌中的运用并不体现在构成一组语义关系上,而是通过重新建立不同语义关系之间的语义对照关系,最终实现凸显某个对象的特征或语义关系的目的。例如:

(124)《酷评》　侯马

二十五年前

某晚

舍友徐江

不知在哪儿看了一张碟

回来告诉我

一个顶级的杀手

设法经过严格的安检
来到目标面前
他摘下眼镜
把镜片往桌子上一磕
用锋利的玻璃
一下切开了对手的颈部
大功告成
二十五年后
我写诗
修炼出像那位杀手
一样的功夫
就是
用日常的材料
攻致命的部位
其实最大的秘密
始终是你
怎样才能站到生活的面前

诗歌以“二十五年前”和“二十五年后”两行诗作为分隔线，围绕前者构成的语义关系描述的是一个杀手如何杀人的过程，围绕后者构成的语义关系描述的是诗人如何写诗的过程。两组语义关系之间存在相似性，即杀手想尽办法杀掉对手的过程与诗人从复杂的日常生活中选择最合适入诗的对象之间都具有相似可能特征[+果断][+直接]。诗歌以两组语义关系之间的相似作为对照的前提并以杀手杀人的过程作为铺垫，最终以正衬的方式映衬出诗人关于写诗的思考,写诗更重要的是如何直面和处理生活并从中挖掘出诗性。

(125)《与猪同悲》　潘洗尘

过去我经常说到狗　今天
我想再说说猪
从小到大　除了人
猪是我最熟悉的动物

任人宰割的命运就不说了
不然我们怎么能脑满肠肥
我现在要说的是生活方式
它们没有名字　被圈养
三个以上聚在一起叫群　群众的群
小时候　内心卑微的我
正是靠村里的这些猪　才建起了自己
小小的一点自信
但现在　当我回到乡间
夜深人静的时候再次面对那些
依然相依为命的猪
发现自己除了比它们多了个好听的名字
再细想一下这些年遭际之种种
尔虞我诈　欺世盗名
实在是　猪狗不如

诗人围绕“猪”建立的语义关系突出了其被圈养、任人宰割的生存情况。同时以拟物的方式使“我”取得了与“猪”产生其他语义关系的前提条件,然后将“我”在社会生活中的遭遇与“猪”的生存情况做对照。语义对照过程中表现出“猪”和“我”的遭遇都具有可能特征[+被欺负],两者之间形成以“我”为本体、“猪”为喻体的比喻关系。在这组经过语义对照形成的比喻关系中,本体“我”不仅与“猪”实现了暂时的同一以及获得“猪”的可能特征,还通过正衬的方式凸显出“我”的遭遇甚至不如“猪”。诗歌内容上的凸显实际上暗示了人们在现实社会中为了生存或者争取更好的生存环境会对地位更低的人不择手段,实施压迫。

(126)《取道徐州》 轩辕轼轲

刘邦取道徐州
要去长安
项羽取道徐州
要去垓下
曹操取道徐州
是来屠城的
李煜取道徐州
是去亡国的
他们都带着
各种宏大的使命
硬生生把徐州
从驿道走成了要道

我此番取道
是去重庆
和诗人们相聚
既不会输掉江山
也不会建立王朝
趁着夜色
我在街头遛了一圈
又把徐州从要道
遛回过道

诗歌的第一至第十二行，诗人围绕历史事件构成语义关系，凸显了“徐州”作为要道与历史事件、宏大使命之间的关联。诗歌的第十三至第二十一行，诗人围绕“徐州”在现代社会的情况构建语义关系，凸显它作为地理概念在现代社会中只是人们途经的地点。在古今对比之下，“徐州”的重要性正好相反，它在古代作为“要道”的属性反衬出其在现代社会只是普通地理概念的特征。诗人利用反衬修辞手段使同一对象的内涵发生了转变，本质上也点明了在现代社会生活中长途旅程不再被赋予特殊含义，它只是社会生活中平凡、常见的一部分。

(127)《羊的二元对立命题》　周伦佑

狼是一个形声字
羊是一个象形字
在汉语的规约里

羊吃草
而狼吃羊肉
故事通常是这样的:
狼来了,羊伸直脖子
送上去,让狼咬
狼咬死一只
再咬死一只……
羊没有跑,也不能跑
在汉语的逻辑框架中
羊被注定了这样的生活
羊吃草,而狼吃羊肉

直到有一天,一只羊
出于求生的本能
用角顶了狼一下
这只死里逃生的羊
由此被众羊所不容
因为他公然对狼使用了暴力

一只反语义的羊,一只
反逻辑的羊,一只
反和谐的羊,二元对立的羊
注定是孤独的
孤独至死

狼与羊的故事继续演绎
羊吃草,而狼
合乎语法地
咬死羊
吃羊肉

从符合汉语语法和逻辑的角度看,狼与羊的关系就是狼要吃羊,羊要心甘情愿被狼吃掉,由此形成狼吃羊、羊吃草的逻辑线路。与此相反,有的羊会反抗狼,并且使狼与羊之间的关系打破汉语语法逻辑,那么就会被群体不容和孤立。围绕狼与羊的关系,诗人分别从两个相反的角度构成具有邻近性的语义关系,两者之间的语义对照以反衬的方式凸显了“反语义的羊”的与众不同和生存境遇。映衬凸显的对象以及狼与羊的两种不同关系都能在诗歌文本外、人类社会中找到相对应的对象,即顺从地接受既定安排的人安然地死去,而敢于反抗的人孤独地死去。即便是人类社会中的二元对立,诗人也更推崇映衬所凸显的敢于反抗的人。

当代诗歌通过映衬修辞手段组织诗歌的表层语义关系,使它们通过语义关系之间具有的邻近性或相似性形成语义对照,并在此基础上凸显被衬托的对象,而被凸显的对象可激起字面之下、诗歌真正想要表达的意味。

二、当代诗歌修辞手段运用特征

前文已从能指形式层面、所指形式层面对当代诗歌经常使用的修辞手段做了分类和详细说明,这只是对当代诗歌具体使用某一辞格时的情况进行分析。一首当代诗歌的创作不可能只依靠一个修辞手段，而是需要诗人综合利用多个修辞手段。诗人对修辞手段的综合运用是灵活的，主观的，但通过具体分析也能归纳出一些基本的修辞手段综合运用规律。修辞手段的运用不仅限于构成语义关系，它还对当代诗歌的节奏产生影响。无论是朗读还是阅读，读者都能感受到当代诗歌异于古典诗歌韵律的节奏变化，而当代诗歌的节奏并不是只能感知却不能分析的对象。修辞手段的使用会对诗行结构、语义关系构成产生影响，后两者的变化也会直接影响诗歌节奏的变化。

(一)修辞手段综合运用规律

为了表达的需要，在一句话或一个话语片段中常见利用两个或两个以上不同的修辞手段完成修辞活动，修辞手段的搭配使用就叫辞格的综合运用。辞格的综合运用包括辞格的兼用、辞格的套用和辞格的连用。辞格的兼用是两种或两种以上辞格交织在一起使用，“兼用的特点是，从某一角度看是这种辞格，换个角度看，又是另一种辞格”[①]。“辞格的套用是一个主要辞格中又包孕着另一个辞格。辞格套用的作用是，使辞格之间互相照应，相互陪衬，互相配合，相得益彰。”[②]辞格连用表现为“接连使用同类修辞方式或异类修辞方式”[③]，接连使用的修辞手段之间是平行的并列关系。由于诗歌内容通常较长，语义关系构成复杂，所以诗歌的创作必然离不开辞格的综合运用，但当代诗的辞格综合运用也有自己的特点。例如：

① 骆小所.现代修辞学(2010年修订版)[M].昆明:云南人民出版社,2010:332.
② 骆小所.现代修辞学(2010年修订版)[M].昆明:云南人民出版社,2010:333.
③ 骆小所.现代修辞学(2010年修订版)[M].昆明:云南人民出版社,2010:333.

(128)《玫瑰盛宴》　肖开愚

饱飨今夜
饱飨满室明媚
饱飨酩酊大醉的音符
饱飨灌溉全身的爱情,呵雨云
饱飨燃烧的雨云
饱飨翻卷白色和红色浪花的玫瑰森林
饱飨肉色肢趾和花瓣发丝
饱飨听觉的空气、味觉的墙壁
饱飨闪电般滚下楼梯的地毯
饱飨它托起的云团,饱飨虚幻
饱飨颤抖着舌头的穹窿
饱飨此时此刻

这首诗的每一行都以“饱飨”开头做动词连接宾语成分,又利用移就修辞手段构成包含超常搭配的动宾结构。从能指形式看,各诗行之间存在结构反复和诗行并列。从整体看,这首诗是反复、并列套着移就的辞格套用。从单独分析每一诗行角度看,诗行内部除了使用移就修辞手段外,部分诗行还使用了其他修辞手段。如“饱飨酩酊大醉的音符”中包含拟人,“饱飨翻卷白色和红色浪花的玫瑰森林”中包含比喻,“饱飨肉色肢趾和花瓣发丝”中包含比喻,“饱飨听觉的空气、味觉的墙壁”中包含通感,“饱飨闪电般滚下楼梯的地毯”中包含比喻和拟人,“饱飨颤抖着舌头的穹窿”中包含拟人。这些诗行又表现出辞格套用,即移就包孕着其他修辞手段。

(129)《思念》 舒婷

一幅色彩缤纷但缺乏线条的挂图，
一题清纯然而无解的代数，
一具独弦琴，拨动檐雨的念珠，
一双达不到彼岸的桨橹。
蓓蕾一般默默地等待，
夕阳一般遥遥地注目，
也许藏有一个重洋，
但流出来，只是两颗泪珠。

呵，在心的远景里
在灵魂的深处。

诗人选择并列修辞手段形成前四行诗的异类并列，其中第二、第三行诗选择拟人修辞手段使“代数”“独弦琴”人格化后获得“人”的可能特征，第三行诗还是拟人和比喻的兼用。利用对偶修辞手段形成第五、第六行诗的正对，第七、第八行诗则是利用夸张修辞手段和整体-部分的邻近性形成“重洋”与“两颗泪珠”之间的借代关系。全诗无一处提到“思念”，但每组语义关系都与“思念”形成暗喻关系，这些语义关系使“思念”变得多义。整首诗是多个异类辞格的连用并诗行中的辞格兼用。

(130)《中式Rap》 尹丽川

有了缘故的爱恨不是我的爱情

有了缘故的革命不是真的革命。
啦啦啦啦啦啦啦
稀里又哗啦
什么是爱情？什么是革命？
爱情是一条革不完的命
革命是一次爱到死的情！
爱呀爱呀爱呀爱
名呀命呀命呀名！
爱情是湿的，革命是干的
一湿你就干，一干它就干。
革呀革呀哥呀坐
坐呀坐呀做呀哥
把酒杯坐穿！把爱情做干！

诗人选择摹声修辞手段形成第三、第四行诗，选择反问形成第五行诗的两个反问句。第六、第七行诗之间从整体上看使用了对偶修辞手段，相互之间还存在回环，两行诗的辞格运用是对偶套着回环。第八行诗是短语反复，第九行诗是谐音和回环的兼用。第十、十一行诗分别是对偶与对照的兼用、对偶与双关的兼用。第十二、十三行诗都使用了谐音。第十四行诗是对偶套着押韵。在这首诗中，诗人大量使用摹声、谐音、回环、对偶等修辞手段构成诗行，这与“Rap”的形式相似，这是诗歌对音乐体裁的仿拟。诗歌中凸显了“爱情”“革命”语义关系之间的对照，在表层内容上突出对“爱情”“革命”的强烈追求，内里却以戏谑的口吻否定这种热烈，以反讽修辞手段体现表层和内里的正反对立。诗人在诗歌表层、内里都采取了异类修辞手段的连用,诗行中还有辞格的兼用及套用。

(131)《空虚》 马松

那些日子他全身的零件都是叛徒
那些日子他光怪陆离的肉体是无底洞
那些日子他扯开的双脚没有前后之分
那些日子他老婆只住长江尾　他正浮在中游
那些日子朋友们都干活去了剩下他头朝下走路
森林里
踩着黄叶子听历史味的野鸡叽呱叽呱地叫唤
那些日子狼烟从他的七窍里冒出来
他磨得发亮的十根手指是十座长城

那些日子他把天空运到窗干上贴起
目光在里面摘花,香味在正中间载沉载浮
他的双脚猛蹬窗外
鞋子候鸟一样远了
他遥望那巨大的空酒杯一直在冒白烟
那些日子
他嘴里咬着烈士陵园
走过了一个又一个清明

在诗歌的第一至第五行中,诗人连用了错综和并列修辞手段,使这五行诗都具有相同的内容“那些日子他……”。在错综和并列修辞手段连用的过程中,前两行诗还使用了比喻修辞手段构成语义关系。在其余诗行中,第七、第八、第十六和第十七行诗都利用移就修辞手段形成超常搭配,第九、第十三行诗利用比喻修辞手段构成语义关系,第十行诗通过夸张和移就修辞手段的兼用构成语义关系。整首诗既有同一辞格的连用,也有异类辞格的连用。诗歌从不同角度描述了在那些日子里他的状态,看似无所事事,空虚无聊,但诗歌的最后三行凸显了这种“空虚”包含着一种沉重。

(132)《一年记住一张脸》　伊沙

那人用獐头鼠目
来形容最为恰当
也最为简便
可这多少显得有点
不负责任
说了等于白说
因为你仍不晓得
他究竟长得如何
无论如何
过去的一年
在所有陌生人中
我只记住了这张脸
带着菜色　一张普通的
殡葬厂炉前工的脸
那一天　我推着

母亲的遗体向前
他挡住我的去路说
“给我,没你事儿了”
我把事先备好的一盒
三五塞给他
他毫无反应地收下
掉头推车而去
那个送走母亲的人

在这首诗中,诗人用口语化的表达描述了一个“殡葬厂炉前工”。在所指形式方面,诗人一方面利用借代修辞手段选择了与“炉前工”有邻近性的特征、对象构成语义关系;另一方面,诗歌内容描述的平凡的“炉前工”与“母亲去世”之间也具有邻近性,两者之间的关联说明了为什么“炉前工”的脸是过去一年“我”唯一记住的脸。虽然诗歌构成的语义关系与日常话语相差无几,但当代诗在能指形式上的分行要求,使诗人可以根据语义表达的需要对语义关系进行分行,由此改变语义关系原本的线性序列并使一些内容得到了强调和突显。整首诗在所指形式层面和能指形式层面分别运用了借代修辞手段和分行修辞手段。

除了例(132),在对其他例子进行分析时我们都未曾提到分行修辞手段的使用,但实际上这是当代诗歌最基本的能指形式要求,再加上诗歌语义关系的构成必然涉及所指形式层面的修辞手段,都说明了在一首当代诗歌中,无论辞格综合运用包含的修辞手段有多少,修辞手段的选择都需要同时兼顾能指形式层面和所指形式层面。能指形式层面和所指形式层面的辞格综合运用,是当代诗最基本的修辞手段综合运用规律。在一首由多组语义关系构成的诗歌中,辞格的兼用、套用和连用会同时出现,辞格连用的过程就包含着兼用和套用。诗人选择辞格兼用和套用的自由度极高,但以同一辞格聚合体内的对象构成兼用或套用的现象也很普遍,比如能指形式层面上结构聚合体内的反复和并列,所指形式层面上相似性聚合体内的比喻和比拟等。

(二)修辞手段运用与诗歌节奏变化

关于诗歌的节奏,陈本益认为:"作为一种节奏,它必然包含上述两方面的因素,即一定的时间间隔和某种形式的反复。"[①]换言之,时间间隔的产生和某种形式的反复能够让人感受到诗歌节奏的变化。古典诗歌是格律诗,它严格遵循的顿逗、押韵、平仄规则能够使诗歌因规律的周期性重复表现出节奏。在不遵循格律要求的情况下,当代诗歌无法在一首诗中形成周期性重复的节奏。李章斌(2018)认为自由体诗歌虽然不能表现出固定、周期性的节奏,但可以强调"复现"。因此,相对于格律,他提出一种非格律的节奏方式,即非格律韵律(non-metrical prosody)。"非格律韵律就是语言元素在时间中非周期性、不固定的重复,其规律性固然可以由重复形成,但是由于周期性的不复存在,其韵律变得不可预期,这是格律与非格律韵律的一点关键区别。"[②]虽然不具有周期性和固定性,但当代诗可以以一种重复、对称的复现方式构成较为灵活的韵律结构和同一性。区别于非格律韵律,李章斌还提出"非韵律面相"概念,"而节奏自然可以包括'韵律',但又不限于'韵律',因为在节奏中还有很多因素无法用复现、对称和同一性的角度来解释,它们更为微妙、灵动,也

① 转引自:李章斌.新诗韵律认知的三个"误区"[J].文艺争鸣,2018(06):158.

② 李章斌.新诗韵律认知的三个"误区"[J].文艺争鸣,2018(06):159.

更难把握"[1]。非韵律面相涵盖了当代诗歌中不以复现和同一性为基础表现节奏的情况,它与非格律韵律相互配合,共同成为表现自由体诗歌节奏的方式。对于当代诗歌而言,非格律韵律、非韵律面相两种节奏表现方式的实施过程需要依靠诗人在能指形式层面对诗歌的声音、结构进行选择和组构,这个过程也必然涉及对能指形式层面修辞手段的选择和综合利用。同时,表现和感知诗歌节奏的基本单位是诗行,诗歌随着诗行得以推进,而诗行之间是否具有复现对象、结构以及是否具有时间间隔规律都会影响诗歌的节奏变化。例如:

(133)《来》 小云

黑了,门给你留下,摸着路来
摔了,疼一块石头,咬着牙来
冷了,雪搓搓脸,顶着风来
累了,扔下个路,骑着马来
饿了,啃口锅盔,跟着麦客来
困了,打一个盹,随着梦来
病了,摔碎药罐,扶着身子来
死了,给坟开个门,放你的魂来
见了,抱成个团,省得去来

全诗共九行,每行诗的内容皆由基本相同的句子结构构成。这使得各诗行内部的句读和停顿方式基本一致,诗行之间能够形成同一结构的反复。再加上每一行诗都以"来"字结尾,相同的语音形式可以作为提示

① 李章斌.节奏的"非韵律面相"——新诗节奏三层次理论论述之二(上)[J].常熟理工学院学报(哲学社会科学),2022(01):3.

诗行时间间隔和能指形式反复的明确标志。诗人有意识地选择整句的方式,即相同的句子结构构成独立的完整句诗行,以及类似押韵效果的同字结尾,都表现出句子结构和声音的同一、反复,它们共同形成诗歌整齐、规律的韵律。

(134)《花开花落》　余丛

天上下雪花
地上放烟花

新鲜的花,塑料花
苍白的花,纸花

不花,不花
五毛钱一碗豆腐花

什么人长天花
什么命里有桃花

肠子花花
钞票花花

小花,小花
狗尾巴也能叫花

弹棉花，贴窗花
人生如同走马观花

全诗共七节，每节两行诗。虽然各诗行都以“花”作结尾，但由于各诗行并不一定选择相同结构构成，所以诗歌依靠各诗行对“花”的反复和不同长度的诗行形成的不同事件间隔，构成这首诗的节奏变换。诗歌的第一节和第五节两行诗之间因对举和同字结尾，形成整齐、规律的韵律。其余诗行，如第三行、第四行和第十三行由关于“花”的词项并列构成，第五行、第十一行则包含关于“花”的词项的反复，这些能指形式都使诗行内部形成更密集、紧凑的韵律结构。这首诗在诗行内和诗行之间频繁出现“花”，“花”字出现的间隔时间越长则诗歌的节奏会变得越相对松散；相反，“花”字出现的间隔时间越短则诗歌的节奏会变得越相对紧凑。

(135)《抑郁》　余怒

在静物里慢慢弯曲
在静物里
慢慢弯曲

在
静物里

慢慢，弯曲：汤汁里的火苗
隆冬的猫爪

一张弓在身体里

咔嚓一声折断

诗人以三种不同的分行方式呈现"在静物里慢慢弯曲",并形成内容反复。其一是以完整句单独构成诗行;其二是在状语"在静物里"之后分行,使诗句被分为两行;其三是在完整句中可停顿之处进行分行或使用标点表示停顿,使诗句内容被分成三行并分处于两节诗中,然后在结尾处以冒号连接名词短语后再分行。相同内容的反复使诗歌表现出同一性,不同分行、停顿方式的叠加,最终使诗歌的节奏表现为非对称的变化。

(136)《铁》　郑小琼

铁,十四马力冲撞的铁。巨大的热量的

青春。

顶着全部孤独的铁,亚热带的棕榈,南方的湿热

纸上的铁,图片的铁,机台的铁,它们交错的声响

打工

它轰然倒下一根骨头里的铁,在巴士与车间,汗水与回忆中

停

顿

的铁。弯曲的铁。

一只出口美国的产品

沉默的铁。说话的铁。在加班的工卡生锈的铁

风吹

明月，路灯，工业区，门卫，暂住证，和胶布捆绑的
铁架床，巨大的铁，紧挨着她的目光
她的思念。她的眺望，她铁样的打工人生

诗歌围绕“铁”，利用指代、拟人、比喻修辞手段建立了一系列包含“铁”的短语。诗歌因“铁”的不断复现以及诗行内字数相近的名词短语或名词的并列而具有韵律感，但诗人以更灵活的分行方式改变了诗行内部、诗行之间规律的内容复现。最突出的表现是将诗行内包含的另一个句子的部分句子成分划分至下一行，如“巨大的热量的/青春。”，或者将一个分句分成数个诗行“汗水与回忆中/停/顿/的铁。”，或者只以一个词语单独成行。其中被划分至下一诗行作为开头的对象是诗人需要强调的部分，它们的声音效果也会更强烈。灵活多变的分行方式使这首诗的诗行长短差异很大，这会导致诗行之间的时间间隔相差较大，诗歌节奏的变化是不规律的。

(137)《二十年后重返东北农场》　朵渔

傍晚，在院子里一间简易的
淋浴室冲洗。小小的淋浴间
用几根原木搭成，周围挂着布帘
头顶是一个水袋，和燃烧的星群
山风吹来，轻抚着体毛，微凉
沙沙的，仿佛野猪在拱篱笆门。
几乎没有人。很少的灯光。
舅舅在院子里与邻居闲聊。

二十年前，我也曾在这样的夜空下
听反舌鸟孤独的鸣叫，幻想着离去
谁知道这一走就这么多年……
也不是惆怅，只是有点疑惑，以及
那种赶路太久的人难以收拾的感伤。

诗歌仅围绕院子里的简易淋浴室及其周边环境展开叙述。在诗歌内容偏向散文和叙事性的情况下，诗人采用了两种分行方式。其一是在语音停顿处进行分行，使前一句的后半部分内容与后一句的前半句内容共同构成一行。这种分行方式打破了原本的线性序列，使被分至下一诗行的内容得以凸显。其二是直接以完整句构成诗行。如“沙沙的，仿佛野猪在拱篱笆门。”和“几乎没有人。很少的灯光。”同样是以完整句构成诗行，前者是一个完整句构成一诗行，后者是两个完整句并列，诗行内部仍有明显停顿，所以两行诗的节奏变化也有所不同。两种分行方式的交替使用，使诗行之间的时间间隔发生变化，由此产生节奏的变化。整首诗在平缓的节奏下表现出不规律的变化。

诗人在表现当代诗歌节奏的过程中，一方面利用能指形式层面上声音聚合体、结构聚合体内的修辞手段实现声音的强调和内容、结构的复现，表现出更为规律的节奏；另一方面仅利用结构聚合体内的分行修辞手段对诗歌内容进行灵活分行，使各诗行长短不一，诗行之间的时间间隔不规律，表现出不规律的诗歌节奏。除此之外，一首诗也可能既包含复现成分，又因灵活的分行不能使复现成分规律出现，也就是说分行方式改变了因成分复现产生的规律韵律，此时诗歌的节奏也是多变和不规律的。

（三）当代诗歌表意方式与修辞效果

修辞手段的运用是普遍的，能产模式可以导致语义的偏离的，所以无论是当代诗歌抑或是非诗歌话语利用修辞手段生成的语义关系都是偏离常规的语义关系。仅以操作零度作为参照描述语义关系的偏离，是无法说明当代诗歌语义关系偏离特征的，而以其他话语类型的偏离语义关系，特别是同属于诗歌话语的古典诗歌的偏离语义关系作为参照和进行比较，更能凸显当代诗歌语义关系的偏离特征。例如：

（138）《望月有感》　白居易

自河南经乱，关内阻饥，兄弟离散，各在一处。因望月有感，聊书所怀，寄上浮梁大兄、於潜七兄、乌江十五兄，兼示符离及下邽弟妹。

时难年荒世业空，弟兄羁旅各西东。
田园寥落干戈后，骨肉流离道路中。
吊影分为千里雁，辞根散作九秋蓬。
共看明月应垂泪，一夜乡心五处同。

（139）《八月十五的月亮》　杨克

一千个诗人写过月亮
如今又一个沦落异乡的诗人要写月亮
只要月亮还在
年年轮回
月缺　月圆

背井离乡的月亮是阴的

在流水线上忙碌的乡下女人
没时间也没兴致看月亮
她们的心是残月
渴望一家人是五仁月饼
夫妻是团圆的两个蛋黄
不像城里那些有钱的女人
抱紧出轨的爱

月亮又圆了
乡间那轮美好纯洁的回忆
已被天狗咬掉了一大块

在能指形式方面,古典诗歌必须严格遵守韵脚、平仄和对仗的强制性要求。韵脚要求每联诗的末尾都以具有相同韵母的字做结尾,平仄要求每句诗歌内容的用字声调必须符合相应的平仄格式。在押韵、平仄以及诗句字数对等的情况下,古典诗歌能够产生循环往复的声音效果和规律统一的节奏。古典诗歌中的对仗是更为严格的对偶,要求前后句相同位置使用词性相同、词义范围相同或相近的对象。韵脚、平仄、对仗都是古典诗歌运用能指形式层面修辞手段的结果,只不过它们成为强制使用的修辞手段而非选择使用的修辞手段。

在所指形式方面,例(138)的颔联和颈联都选择了词性相同、语义范围相近的对象,并以相同的诗句结构形成对仗。其中,颈联是由两组比喻关系形成的对偶,“吊影”指独自一人,身边没有亲人,“辞根”喻指背井离乡的兄弟们,它们与喻体“千里雁”“九秋蓬”之间都以可能特征[+孤寂]

作为相似性构成比喻关系。由于皆以同一个相似性特征构成语义关系，并且本体与本体、喻体与喻体之间词性相同、词义相近，所以两组比喻关系之间差异较小，都指向兄弟姐妹四处漂泊的境遇。古典诗歌在能指形式上的强制性要求迫使所指形式选择必须以符合能指形式要求为前提，这一方面限制了所指形式选择的空间，另一方面也会使所指形式选择更倾向于选择语义关联密切、相似程度高的对象构成语义关系。所以，古典诗歌倾向于选择语义趋同或相近的对象参与语义关系构建，并结合古典诗歌在能指形式方面的强制性要求，共同构成语义关系。

在例(139)中，诗人在能指形式方面选择以长句诗行和短句诗行错落的方式构成全诗，并使整首诗形成不规律的节奏变化。在所指形式方面，“背井离乡的月亮是阴的”包含拟人和借代的兼用，既使“月亮”获得人的属性，又以“背井离乡的月亮”指代“在流水线上忙碌的乡下女人”；比喻修辞手段构成了诗句“她们的心是残月”“渴望一家人是五仁月饼”“夫妻是团圆的两个蛋黄”，虽然三组比喻关系的本体出自家庭聚合空间、喻体出自中秋节聚合空间，但相似性特征不同；利用移就修辞手段形成“抱紧出轨的爱”“乡间那轮美好纯洁的回忆”的超常搭配；诗歌第二节还利用对照修辞手段比较了中秋节时乡下女人和城里有钱女人之间的差别。

与古典诗歌相比，当代诗歌在构建语义关系过程中不受任何强制性要求的束缚，诗人完全可以根据语义表达需要自由选择能指形式层面、所指形式层面的修辞手段和参与语义关系构建的对象。所以，在综合运用修辞手段构成语义关系的基础上，诗人倾向于选择原本没有语义关联、差异较大的对象参与语义关系构建，同时选择能够满足语义表达需要的能指形式，两者结合构成语义关系。

古典诗歌和当代诗歌在语义倾向上的差异直接导致两类诗歌有着不同的表意方式,古典诗歌从“同义”角度构建的语义关系最终生成诗歌意象,当代诗歌从“相异”角度构建的语义关系最终生成了诗歌语象,“古典诗与现代诗在语言、美学原则、诗性定义等诗学本体上的诸方面不同,集中体现为语象与意象之别”①。古典诗歌意象和当代诗歌语象之间的差别也反映出两类修辞活动所产生的不同修辞效果。例如:

(140)《月夜忆舍弟》　杜甫

戍鼓断人行,边秋一雁声。
露从今夜白,月是故乡明。
有弟皆分散,无家问死生。
寄书长不达,况乃未休兵。

(141)《十五夜望月寄杜郎中》　王建

中庭地白树栖鸦,
冷露无声湿桂花。
今夜月明人尽望,
不知秋思落谁家。

两首古典诗歌在皆以秋日月夜为背景的情况下,不同诗人的对象选择也存在重合,比如两首诗都出现了“秋”“月”“露”“家”。例(140)选择了戍鼓、行人、雁声、白露、月等对象描写边境上的秋夜,又将“月”与故乡、故乡的人相联系,才产生“月是故乡明”的感叹和对因战争动荡而四

① 李心释.当代诗歌语言问题探赜[M].北京:科学出版社,2021:92.

散的兄弟们的思念。例(141)选择了月光、庭院、树上的鸦雀、秋露、桂花等对象构成诗句描述中秋夜寂寥的场景,然后引出中秋团圆夜望月思人的感叹。从对象选择的角度看,两首诗都从秋日月夜场景聚合空间和人聚合空间中选择对象构成语义关系,然后都以思念串联起月与家人或不在身边的友人之间的关联,表现睹月思人的情感。

两首诗在构建"月亮"意象的过程中,在对象选择、对象之间语义关联上都存在相同或相似之处,这说明古典诗歌的"月亮"构成过程可以重复和继承。这也导致古典诗歌"月亮"意象的内涵变得相对固定和简单,即"月亮"意象成为表达思人、思乡的符号。意象的重复和固定消除了"月亮"和思人、思乡之间原有的语义距离和差异,也就是说在古典诗歌中"月亮"意象一经出现,读者就会快速、直接地联想到它与思人、思乡之间的关联。

在同样是围绕"月亮"展开语义关系的当代诗歌中,"月亮"语象的构成过程则表现出更多样的意义选择和更丰富的联想。例如:

(142)《月光》 余秀华

月光在这深冬,一样白着
她在院子里,她想被这样的月光照着
靠在柿子树上的人,如钉在十字架上
有多少受难日,她抱着这棵柿子树,等待审判
等候又一次被发配命运边疆
月光把一切白的事物都照黑了:白的霜,白的时辰
白的骨头
它们都黑了

如一副棺材横在她的身体里

(143)《九月,月正高》　余秀华

那些回乡的人,他们拥有比故乡更白的月亮
他们喜欢半路迷途,总是走不回去
他们的女人在村庄里快速老去,让人放心
枣树都凋敝在露里

村庄不停地黄。无边无际地黄,不知死活地黄
一些人黄着黄着就没有了
我跟在他们身后,土不停卷来

月亮那么白。除了白,它无事可做
多少人被白到骨头里
多少人被白到穷途里

但是九月,总是让人眼泪汪汪
田野一如既往地长出庄稼
野草一直绵延到坟头,繁茂苍翠

不知道这枚月亮被多少人吞咽过了
到我这里,布满血迹
但是我还是会吞下去

就是说一个人还能在大地上站立
你不能不抬头
去看看天上的事物

在当代诗歌中，月亮的本义天体以及月亮具有的意象内涵都被搁置，诗人通过重新建立月亮与其他对象的联系使它获得新的意味。在例(142)中，诗人选择凸显“月光”本身具有的可能特征[+白色]，“月光在这深冬，一样白着”，但又将白色月光与黑色相联系，被白色月光照射的、原本白色的事物都变成了黑色，“月光把一切白的事物都照黑了”。月光虽然依旧是白色的，但黑色取消了它照亮事物的能力，而被它照黑的事物又与“棺材”形成比喻关系，这使得月光的白也具有了黑的属性，即死亡的气息。在例(143)中，结合第一节和第二节诗歌内容，“比故乡更白的月亮”指代了回乡的人所处的环境，即老去的留守妇女、衰败的土地、荒凉的村庄。在诗歌的第三节，月亮的白是持续性的，当它与人发生联系后，“白到骨头里”“白到穷途里”被具象描写为一种穿透人、将人逼到绝境的能力。第五节诗又使月亮获得可能特征[+可吞咽][+血淋淋]，从白转向红，吞下的布满血迹的“月亮”指代了“我”所经历的痛苦的生活。这首诗中月亮的白和红都搁置了它原本具有的颜色属性，月亮通过与生存现状相联系，突出村里人生存的不易。

当代诗歌在构建“月亮”语象过程中，诗人在不同诗歌语境中重构“月亮”与不同对象之间的理据性，使“月亮”与各种原本没有语义关联的对象组合构成新语义关系。新语义关系使“月亮”获得新可能特征，并赋予它新的意味。从例(142)、例(143)中可见，由于两首诗采取不同的语义路径连接不同对象与“月亮”产生语义关系，才使得两首诗构成内涵不同的“月亮”语象。语境不同、参与语义关系构建的对象不同且相互之间语义距离较远、对象之间形成语义关系的理据性不同,以及每一首当代诗歌以独有的语义路径构成语象,已经决定了当代诗歌的语象是具有创造性的。相较之下,古典诗歌在构建“月亮”意象过程时,诗歌的语境、选择参与语义关系的对象高度相似或重合,同时“月亮”与其他对象之间的理据性也相对固定,那么“月亮”意象的内涵就会相对固定。从例(140)、例(141)可见,两首古典诗歌的“月亮”意象都与思人、思乡有关,说明古典诗歌意象是可重复和因袭的。

从意象和语象构成角度看,古典诗歌的修辞效果是“可重复的偏离”,当代诗歌的修辞效果是“创造性的偏离”。即使古典诗歌意象也包含偏离要素,但意象的重复和因袭也会使“偏离”变成“常规”,并且这个意象有可能进入语言系统成为约定俗成的语义关系,所以修辞活动仅依靠重复和因袭某组语义关系是不可能产生较好的修辞效果的。当代诗歌为“偏离”加上“创造性”的限定,就是要求诗人构建从未出现过的、能让人感受到新奇的语义关系、语象,这也使得语义关系的偏离程度更大。语义关系的创造性并不直接来源于修辞手段的综合运用,修辞手段是构成语义关系的手段,利用它构成语义关系能产生偏离,但它不能决定语义关系的偏离程度和是否具有创造性。从“相异”角度建立语义关系的表意方式,以及拒绝语义关系重复、采用创造新理据性和建立独有的语义路径形成“一次性创造”语义关系的做法,是当代诗歌形成创造性偏离修辞效果的原因。

第四章

当代诗歌同义手段的构建机制

当代诗歌以语篇为分析对象，在一首诗中可能会构成同一个对象的不同同义手段或多个对象的同义手段，如果仅从修辞学的视角分析同义手段很难说明它的构成过程，而同义手段构成的背后实则是语义等值问题。同时，当代诗歌的特点以及语义构成方式决定了语义等值的重要性和复杂性。

一、当代诗歌的同义手段与等值

当代诗歌利用各种修辞格组成的语义关系，皆是语言系统中已经存在、固定的零度形式的偏离形式。修辞格除了帮助形成各种各样的同义手段外，并不能解释同义手段构成的语义变化过程。同义手段之间的“同”与语义等值之间的关联成为解释同义手段构成的关键。

（一）言语同义与修辞手段

王希杰在《什么是同义手段》一文中，把同义手段划分为语言同义手段和言语同义手段。语言同义手段和言语同义手段分别对应于同指手段和同代手段。“同指手段是属于语言的，是社会一切成员所共有的，稳定的，不可以随便改变的，它同理性意义常常是一致的。同代手段则是属于言语的，个人的，临时的，有条件的，可改变的。”[①]在《修辞的对象及其他》一文中，王希杰更进一步描述了语言同义手段和言语同义手段的具体现象。语言的同义手段包括词汇上的同义手段和语法上的同义手段。词汇上的同义手段表现为语言系统中已经固定的同义词，语法上的同义手段表现为句式结构不同、语义大致相同的同义句式。言语同义手段主要指事物指称的同义和思想描述的同义。

对王希杰在《修辞的对象及其他》中所举例子进行分析，在语言同义手段中，如同义词语“美丽–漂亮–好看”，这三个在语言系统中已经固定的同义词，相互之间可同义替换，皆可用于形容事物、对象的外形接近完美；如同义句式“这本书我读完了。”“我读完了这本书。”，两个同义句式之间只是句式结构不同，语义仍保持大体一致。在言语同义手段中，表示事物指称的同义，如“他呵，塔里木垦区派出的带路人——三五九旅的老战士，南泥湾的突击手”，“他”“带路人”“老战士”“突击手”的所指意义虽然不同，但在句子语境下它们指称同一个人，是这个人的不同身份；表示思想描述的统一，如“哙，亮起来了。”“原来有保险灯在这里！”，若在没有语境的情况下，无法将两个句子看作同义手段，但在《阿Q正传》中，两个句子都是闲人们对阿Q癞头疮的嘲弄，所以两个句子之间也是同义手段。

对比语言同义手段和言语同义手段中的同义词语、同义句式可以发现，语言同义手段之间的“同”表现为“基本意义的相同”，它们之间的“同”已经经由语言系统的固定性、稳定性被全社会所认同，而它们之间具有的差异相对较小。言语同义手段之间的“同”，是在当前语境下，以某个指称对象或主观思想感情为着眼点，凡是能够对它们进行描述的语

① 王希杰.语言学百题(修订本)[M].上海:上海教育出版社,1991:344.

言材料,它们相互之间都能构成具有临时性的同义手段。“同”也表现为同义手段之间具有某些共同点,但也不能忽略言语同义手段之间具有的差异更大。

当代诗歌利用修辞手段构成的语义关系都是零度形式、常规形式的偏离,它们与零度形式、常规形式之间构成同义手段,而这些同义手段的形成除了利用修辞手段之外,还依赖语境和具有临时性,因此应属于言语同义手段。

当代诗歌利用辞格构成语义关系和同义手段,而辞格本身也具有同义手段的性质,“既然同义手段是同一个零度形式的一切偏离形式,而修辞格只不过是一种固定化了的偏离形式,那么修辞格从本质上来看,就是一种能产的固定化了的同义手段模式,就是把潜偏离形式转化为显性形式的一种方便的模式”①。修辞手段本身就是一种偏离形式,也是一种能产同义手段的固定模式,那么利用修辞手段构成的语义关系自然就是零度形式的偏离形式,也能与零度形式构成同义手段。在当代诗歌话语范围内,除了零度形式之外,语言系统中默认的常规形式,以及当代诗歌话语系统内常见的、已经存在的语义关系,都能与新创的、偏离的语义关系构成同义手段。聂焱在《广义同义修辞学》中提出:“对辞格的同义手段可从四方面来认识:一是辞格的语义结构模式本身就是同义手段的产物;二是相同辞格中的小类构成的同义手段;三是不同辞格构成的同义手段;四是辞格和非辞格构成的同义手段。”②第一个方面是指辞格的语义结构本身就能够使参与语义关系构建的对象之间形成同义手段。“为了操作的方便,我们把辞格话语所要表达的语义实体称为本源体,把经过辞格化的语义实体称为修辞体,把本源体和修辞体之间的关系称为修

① 王希杰.修辞学通论[M].南京:南京大学出版社,2004:410.

② 聂焱.广义同义修辞学[M].北京:中国社会科学出版社,2009:283.

辞关系……修辞结构是由本源体、修辞体和修辞关系构成的非线性结构。”[①]以比喻修辞手段构成的语义关系为例，作为本源体的本体对象和作为修辞体的喻体对象之间因具有共同点作为相似性构成语义关系，此时本体和喻体也暂时形成了同义手段。相似性是比喻修辞手段的修辞关系，它既能说明本体和喻体之间的语义关系，也能说明两者之间以相似性的共同点作为同义手段的“同”。每个辞格结构中的修辞关系都在尝试承担解释同义手段之“同”的任务，但由于每个辞格的修辞关系有不同的表现形式，所以由修辞关系说明同义手段之“同”的抽象程度不足。从根本上看，本源体和修辞体能够成为同义手段是本源体获得了修辞体的部分义素，“义素转移的基础是本源体与修辞体的语义等值”[②]。聂焱观点的第二个方面和第三个方面是从不同角度说明辞格系统内部不同层次的辞格构成的语义关系，相互之间也能成为同义手段。第四个方面则是从整个系统出发，除了利用修辞手段构成的语义关系之间形成同义手段外，它们还与非辞格构成的语义关系形成同义手段。

言语同义手段利用辞格的能产模式构成参与语义关系构建的对象之间的同义手段，以及不同语义关系之间的同义手段。当代诗歌利用同义手段之“同”可将潜性语义关系转向显性，并且在诗歌内部利用同义手段之“同”形成语义的反复，创造语义空间。无论是否使用修辞手段，同义手段之“同”被描述为两个对象或语义关系之间的相同部分，实际上就是以“同”表示语义等值。“等值”的概念和语义等值的机制能够进一步说明当代诗歌同义手段的构成过程。

① 李晗蕾．辞格学新论[M]．哈尔滨：黑龙江人民出版社，2004：77.

② 李晗蕾．辞格学新论[M]．哈尔滨：黑龙江人民出版社，2004：103.

(二)等值的内涵

罗曼·雅各布森在探讨语言的功能序列时着重提到了语言的诗性功能:“诗的功能将等值原则从聚合(选择)轴投射到组合轴。”[①]这是关于语言等值现象的直接论述,等值与聚合选择、组合投射密切相关。

首先,“等值”指的是语义等值,即不同语言形式或单位在语义上是相当的。法国语言学家A. J.格雷马斯继承了雅各布森的等值思想,他以词典中常见的词语解释所形成的等值和“交叉词填字题”所形成的等值为例,如“咬——用牙切”[②]和“芭蕾≌形象化的舞蹈”[③],“用牙切”对应于“咬”的义素[+动作][+使用牙齿],“形象化的舞蹈”对应于“芭蕾”的义素[+动作特征][+类别]。在这两个例子中,语义等值表现为两个对象之间具有可对应的、相同的义素,也就是说“等值的基础是两者之间所共有的一个或某几个共同义素”[④]。

其次,语义等值存在于各种语言形式之间。语义等值存在的方式与同义手段的存在方式重合,“不只句子以下才存在同义手段,在句子这一个层面上,同样存在着同义手段,而且是多种多样的,复杂丰富的……在句子以上,同样存在着同义手段的问题”[⑤]。通过分析、提取出同义手段之间具有的相同义素说明它们之间是语义等值的,也即同义手段之“同”。最常见的是词语之间构成的同义手段,如同义词“美丽-漂亮-好看”,这三个词语因具有共同的义素[+指人或物][+完美]而形成语义等值;原本没有语义关联的词语,如“秃驴-和尚”“小眼镜-人”,通过部分与

---

① Jakobson R., *Linguistics and poetics*[C]// Pomorska K. & Rudy S. (eds.). Language in literature. Cambridge, MA: The Belknap Press of Harvard University, 1987:71.

② [法]A. J.格雷马斯.结构语义学:方法研究[M].吴泓缈译.北京:三联书店,1999:102.

③ [法]A. J.格雷马斯.结构语义学:方法研究[M].吴泓缈译.北京:三联书店,1999:103.

④ [法]A. J.格雷马斯.结构语义学:方法研究[M].吴泓缈译.北京:三联书店,1999:103.

⑤ 王希杰.修辞学新论[M].北京:生活·读书·新知北京语言学院出版社,1993:322.

整体的邻近性形成等值,"月亮-圆盘"因两者都具有义素[+圆形]而形成等值。在短语结构层面,如"灿烂的阳光"和"阳光灿烂",结构形式不同因表达的语义基本相同而等值。在句子层面,语音同义句、语义同义句、语法同义句、语用同义句,以及使用不同句式结构表达相同意义的句子之间都因可提取出相同义素而实现等值。在句子之上的层面,语篇的同义手段表现为原文本与不同译者、不同语种的翻译文本或转化为其他语体的文本之间因具有相同或相近的基本信息成为同义手段;不同语体、不同风格的文本因文本的基本意义相同或相似成为同义手段。[①]无论形成语篇同义手段的文本之间存在多大的差异,都可从它们的内容中提取出构成语篇的相同义素作为说明语义等值的基础。

除此之外,由于话语包含不同等级的单位以及具有扩张和压缩的功能,所以"不同等级的单位完全有可能被看作是'等值'的"[②],即跨语言单位的等值。比如同一个意思可以表达成词语、句子、篇章,那么一个词与一个句子(如词语与其定义),或者一个词与篇章之间(如语篇与其标题)同样可以建立等值关系。话语的元语言功能决定了不同层级的语言单位可以相互转化,元语言功能就是运用组合建立一种相当关系,表现为一个内容相对单一的符号被转化为内容更详尽的其他符号,两者之间形成后者对前者的解释说明或补充说明。只要从两者之间提取出共同的义素,那么这两个符号就是等值的。

最后,对象之间的语义等值可以表现为相同、相似的同义关系,以及相反、矛盾、对立的反义关系。同义关系和反义关系都以"同"为前提,同中有异,对象之间还各自携带着大量"异"的元素。例如,北岛的《回答》:"卑鄙是卑鄙者的通行证,/高尚是高尚者的墓志铭",从"卑鄙"的可能特

① 聂焱.广义同义修辞学[M].北京:中国社会科学出版社,2009:233-247.

② [法]A.J.格雷马斯.结构语义学:方法研究[M].吴泓缈译.北京:生活·读书·新知三联书店,1999:101.

征[+不择手段]和“通行证”的可能特征[+不受阻碍]之间提取出相似性，形成“卑鄙”与“通行证”的语义等值；“高尚”的可能特征[+品德崇高]和“墓志铭”的可能特征[+悼念生平的文体]之间具有邻近性，“高尚”与“墓志铭”的语义等值。两行诗内的语义等值都以同义关系为基础，而两行诗之间又以“卑鄙”和“高尚”之间的相反、对立的反义关系形成语义等值，两行诗先构成同义等值再转向反义等值。同义和反义皆是意义存在和意义感知的方式，一方面在同义关系中通过感知到细微的差别来区分对象，如“美丽”和“好看”表达的意义基本相同，但语体色彩有差异，前者可用于书面和口语，后者多用于口语；“见”和“望”都具有可能特征[+看]，但“见”指“看到，看见”，“望”指“从远处看”，两者在“看的角度”上有差异。另一方面，人们在感知“大-小”“高-低”等处于反义关系的对象时，往往是从“大”中感受“小”，从“小”中感受“大”。所以，无论是从同义还是从反义角度都能构成语义等值，也都包含差异和联系，这是语义等值两个方向上的同一。

无论语义等值表现为同义关系或是反义关系，存在于哪些单位或层次的同义手段之间，它都以突出共同义素的方式解释了构成同义手段的“同”是什么。解释“同”的“共同义素”就是格雷马斯结构语义学理论中的定位义素，在实际操作过程中定位义素的作用更具体。在词语层面上，以暂时脱离能指形式、只聚焦在所指形式为前提，词义化身为义子，义子由核心义素和定位义素共同构成。如果词语之间或者一组同位关系之内的词语形成语义等值或同义词语，就意味着可以从两个词语之间提取出相同的定位义素。定位义素的反复出现以及跨越词位、在话语中的横组合轴上延伸的特征则有利于说明句子同位关系的“同位性”。在面对跨语言单位之间的语义等值时，“假若两个不同长度的话语段可以被看作是同一个语义单位的定义和名称,那只能是因为二者共有相当数量的相同义素,由此我们便发现了一种具有新的分类功能的义素”[①],即定位义素还具有为语义的组织提供语义框架的功能。从总体上看,不同对象之间之所以形成语义等值或同义手段,在语义上可以解释为它们都具有相同的定位义素。

(三)当代诗歌的语义等值特征

“凡是在此之前已经出现了的语言现象,就是显性语言现象。而在此之前还没有出现的东西,则是潜性语言现象。在交际中,凡是已经在话语中出现了的就是显性话语,而话语中并没有出现的东西则是潜性话语。”[②]王希杰将显性和潜性的对立关系置于语言现象或话语形式是否已经出现之上,从这个角度看,凡有显语言就必然对应着潜语言的存在,但反过来不成立。这说明显语言和潜语言之间既有对称性又有不对称性,而不对称性也说明了潜语言的数量远远大于显语言,其背后根源则是语言系统是一个具有无限潜能的系统,它能够提供构成新语义关系的所有元素。

当代诗歌构建的语义关系不仅是言语同义手段,还是在此之前从未出现过的潜同义手段。例如:

(1)《死亡是一种球形糖果》　陆忆敏

我不能一坐下来铺开纸

就谈死亡

来啊,先把天空涂得橙黄

① [法]A. J. 格雷马斯. 结构语义学:方法研究[M]. 吴泓缈译. 北京:生活·读书·新知三联书店,1999:110.

② 王希杰. 修辞学通论[M]. 南京:南京大学出版社,1996:219.

支开笔，喝几口发着陈味的汤

小小的井儿似的生平
盛放着各种各样的汁液
泛着鱼和植物腥味的潮水涌来
药香的甘苦又纷陈舌尖

死亡肯定是一种食品
球形糖果　圆满而幸福
我始终在想最初的话题
一转眼已把它说透

诗人从“生平”的可能特征[+经历]和“井”的可能特征[+储存]中提取出相似性使两者形成同义手段后，利用“井”串联起具有共同义素[+液体]的“各种各样的汁液”“泛着鱼和植物腥味的潮水”，而“药香的甘苦”指代了“中药”及其可能特征[+液体]，三个并列的异类短语因共同义素[+液体]与“井”产生邻近性，并由此与“生平”暂时形成同义手段。作为抽象概念的“死亡”在被拟物后获得了新可能特征[+物质]，然后以可能特征[+物质]作为相似性，与“食品”构成比喻关系和同义手段。比喻关系使“死亡”获得“食品”的可能特征[+味道]，“糖果”同样具有可能特征[+味道]，由此形成“死亡”与“糖果”之间的比喻关系和同义手段。“球形糖果”的“球形”与“圆满”在语义上的邻近性使“圆满”也暂时成为“球形糖果”的特征。通过比喻关系，“死亡”与甜味的糖果、“圆满”以及品尝糖果时的“幸福”相联系，“生平”与各种苦涩的味道相联系，“死亡”和“生平”都与原本没有关系的、与自身语义色彩相反的对象构成了同义手段。

(2)《塑料袋》　于坚

一只塑料袋从天空里降下来
像是末日的先兆　把我吓了一跳
怎么会出现在那儿　光明的街区
一向住的是老鹰　月亮　星星
云朵　仙女　喷泉和诗歌的水晶鞋
它的出生地是一家化工单位
流水线上　没有命的卵子　父亲
是一只玻璃试管　高温下成形
并不要求有多少能耐　不指望
攀什么高枝　售价两毛钱　提拎
一公斤左右的物品　不会通洞
就够了　不是坠着谁的手　鼓囊囊地
垂向超级市场的出口　而是轻飘飘的
像是避孕成功　从春色无边的天空
淫荡地落下来　世事难料　工厂
一直按照最优秀的方案生产它
质量监督　车间层层把关　却没有
统统成为性能合格的　袋子
至少有一个孽种　成功地
越狱　变成了工程师做梦也
想不到的那种轻　它不是天使

我也不能叫羽毛　但它确实有
轻若鸿毛的工夫　瞧
还没有落到地面　透明耀眼的
小妖精　又装满了好风　飞起来了
比那些被孩子们　渴望着天天向上的心
牢牢拴住的风筝　还要高些
甚至比自己会飞的生灵们
还呆得长久　因为被设计成
不会死的　只要风力一合适
它就直上青云

诗歌围绕一只飘着的塑料袋构成语义关系，一方面根据塑料袋制作过程、性质和功能展开描述，如“高温下成形”“售价两毛钱”“提拎一公斤左右的物品”“不会通洞”等；另一方面将塑料袋拟人化，根据可能特征[+能飘动][+质量轻]与“轻若鸿毛”“淫荡地落下来”“成功地越狱”“透明耀眼的小妖精”产生相似性，与从天而降、比风筝飞得高、“比自己会飞的生灵们还呆得长久”“直上青云”产生邻近性。塑料袋以可能特征[+能飘动][+质量轻]作为形成语义等值的定位义素，并通过相似性、邻近性与一系列异类对象构成同义手段。

从例(1)、例(2)的分析中可见，在诗歌语境下，诗人选择差异大、关联性弱的对象构成语义关系并使异类对象之间形成同义手段，这个过程既是潜同义手段的显性化，也体现了显性化的同义手段具有创造性。

“任何符号活动都是从纵聚合轴向横组合轴的投射”[①]，话语的构成

① 赵毅衡.文学符号学[M].北京：中国文联出版公司，1990：55.

都需要经历聚合轴向组合轴投射的过程,但并非所有投射到组合轴的对象都能被接受。比如在日常话语的构成过程中,从聚合轴向组合轴进行的投射可能会被组合规律,即现有的句法关系所拦截,因此在组合层面上构成的语义关系是符合句法要求的常规语义关系。而当代诗从聚合轴投射到组合轴的过程是聚合轴占主导、不受组合规律制约的,组合轴必须全盘接受聚合轴投射的对象。由聚合轴占主导构成的语义关系更容易产生创造性,其中也包括"联系关系"的作用。

索绪尔在《普通语言学教程》中将"联想关系"描述为"把不在现场的(in absentia)要素联合成潜在的记忆系列"[①],处于联想关系之中的对象"它们在某一方面都有一些共同点"[②],"它们是属于每个人的语言内部宝藏的一部分"[③]。联想关系的构成主要依赖心理联想抓住各种各样的"共同点","有时是意义和形式都有共同性,有时是只有形式或意义有共同性。任何一个词都可以在人们的记忆里唤起一切可能跟它有这种或那种联系的词"[④]。联想关系的作用一方面表现为组织语言系统中各种已有的、现成的语义场;另一方面体现在言说主体如何根据个人经验,重新构成能指和所指之间的关系以及利用新发现的"共同点"再组织不同对象形成新的联想关系。因此,在前面分析的例子中,诗人以新的"共同点"即重新发现的不同对象之间共有的义素作为语义等值的基础,分别重构了"生平""死亡""塑料袋"与差异极大、语义关联极弱的对象之间的联想关系,并将它们投射到组合轴。当代诗歌构成的同义手段之所以具有创造性,就在于通过诗人的主观能动性形成新的联想关系,也就是实现原本没有关联的新对象或新语义关系之间的语义的等值。这是当代

① [瑞士]费尔迪南·德·索绪尔.普通语言学教程[M].高名凯译.北京:商务印书馆,1999:171.

② [瑞士]费尔迪南·德·索绪尔.普通语言学教程[M].高名凯译.北京:商务印书馆,1999:171.

③ [瑞士]费尔迪南·德·索绪尔.普通语言学教程[M].高名凯译.北京:商务印书馆,1999:171.

④ [瑞士]费尔迪南·德·索绪尔.普通语言学教程[M].高名凯译.北京:商务印书馆,1999:174-175.

诗歌语义等值的特征之一。

与当代诗歌相比,日常话语在构建语义关系时虽然也遵守聚合轴选择向组合轴投射,但语义等值的使用范围更小。比如在“我吃饭”中,“我”“吃”“饭”三个词语分别从属于不同的聚合空间,说话人根据语义表达的需要分别在这三个不同聚合空间中选择适合的对象投射到组合轴,各聚合空间内有大量相互之间语义等值的对象,如“我”和“你”“他”“小明”等、“吃”和“喝”“饮”“咬”等、“饭”和“菜”“汤”等都是语义等值的,被选择的对象在进行组合时还需要符合组合轴的组合规律,才能成为合格的语义关系。也就是说,在日常话语中语义等值几乎只存在于聚合层面,在组合层面并不能显现语义等值。当代诗歌则与日常话语相反,如本章例(1)中的语义关系“死亡是一种球形糖果”,“死亡”和“球形糖果”原本分属于不同聚合空间,每个聚合空间内各有语义等值的对象,而诗人从中分别选出“死亡”和“球形糖果”,并从两者之间找到相似可能特征作为说明语义等值的义素,投射到组合轴。此时,在组合轴层面上“死亡”和“球形糖果”暂时获得了语义等值并形成同义手段,反过来,这两个对象也构成了一个新的聚合空间。在构建语义关系的过程中,当代诗歌在聚合轴和组合轴上都会产生新的变化,例如:

(3)《这个生我养我的女人》　郭晓奇

这个女人。这个生我养我的女人。打过我
又疼着我爱着我的女人
这个风里雨里霜里雾里的女人
把漏洞百出的日子缝缝补补的女人
这个挑水的女人,背柴禾的女人,捡枯菜叶子

的女人,酿酒的女人。这个栽瓜种豆的女人
割麦的女人,在大洼上刨洋芋的女人
挖苦苦菜的女人。这个在秋天甩响连枷的女人
簸秕子的女人,搓玉米的女人。在冬天的
旷野上扫走最后一批枯叶的女人
这个编背篓的女人,搓草绳的女人,绑扫帚的
女人。这个栽树的女人,摘果子的女人
这个纳鞋底的女人,拆洗被褥的女人
绣枕头的女人,剪窗花的女人。这个牧羊的女人
养牛的女人,喂猪的女人,穿行在琐碎家务中的女人
这个流泪的女人,微笑的女人,叹气的女人
这个在土地上跪下又站起来,站起来
又慢慢跪下去的女人。这个
踩死一只蚂蚁都会心疼和忏悔的女人
为另一个女人接过生的女人。为另一个女人
梳头、洗脚、剪指甲,穿上寿衣的女人
这个眼睛花了、头发白了、耳朵背了
皱纹密了、腰弯了的女人。这个汗水流干了
血榨尽了,生命耗光了的女人
一生只活在一个叫“胡同”的村庄那么大的女人
我叫“妈妈”的女人,疼着我爱着我的女人
她突然用一根死亡的猛棍把我迎头打倒
把我挖空。挖空——

诗歌的大部分内容都是以“女人”为中心语的名词短语。这些名词短语与诗歌主题“我的妈妈”之间具有部分和整体的邻近性,因此它们都是“我的妈妈”的指代和同义手段。虽然每个名词短语的修饰成分不同,但都出自“妈妈”聚合空间,所以从这些名词短语中可提取出共同的义素[+行为][+特征],它们相互之间也是同义手段。这些修饰成分在聚合空间内部是语义等值的对象,被投射到组合轴与“女人”组合后又形成一系列语义等值的并列名词短语。根据名词短语包含的行为特征进一步突出了“妈妈”的可能特征[+勤奋][+辛劳],这些同义手段勾勒出“妈妈”的一生。

(4)《逆子可活》　君儿

姐姐听话
差几分没考上大学
妈妈不让复读
她进了村办工厂上班
不出几年自杀而亡

大弟听话
初中没毕业就回家务农
夏天到别人家的养鱼坑捕鱼
被打又被父亲送到乡里看管
回来就在玉米地里喝了农药

我从小不听话

对妈妈消极抵抗
没少挨骂越骂越不听
后来从县城考上大学
抬腿走人像个逆子

小弟也不听话
因为淘气经常闯祸
被父亲用铁钳子夹手指
他骑了一夜车到市中心
为看一眼城市的繁华
也无疑逆子一枚

“好的都死了”
妈妈以前经常感叹
感叹得多了
我也似有所悟
艰难时代　彼时彼境
原来逆子可活

诗歌的前四节分别围绕“姐姐”“大弟”“我”“小弟”展开语义关系。“逆子”具有可能特征[+叛逆][+不听话]，与“逆子”具有相同可能特征的是“我”和“小弟”，“逆子”成为“我”和“小弟”的另一个指称。在可能特征[+叛逆][+不听话]的基础上，“我”还具有可能特征[+读书]，“小弟”具有可能特征[+进城]，这两个可能特征都指向义素[+离开][+生存]。围绕“我”

和“小弟”构成的语义关系，都被重新归入“逆子”聚合空间。而与“逆子”相反的是“姐姐”和“大弟”，他们都具有可能特征[+听话][+留下]，但这两个可能特征指向义素[+自杀][+死亡]，围绕“姐姐”和“大弟”构成的语义关系重新构成孝子聚合空间。诗人在分别重构逆子和孝子聚合空间并使聚合空间内对象形成语义等值的基础上，将它们都投射到组合轴形成等值语义关系。在诗歌组合轴上，前四节的语义关系，即逆子与孝子之间是反义等值。同时逆子与可能特征[+生存]、孝子与可能特征[+死亡]之间又是重新创造的、具有矛盾的邻近性，因此构成语义关系“逆子可活”“孝子已死”，在两者的对照下突出“逆子可活”的感叹。

对例(3)、例(4)的分析可见，当代诗歌在构建语义关系时，聚合轴原有的或重构的语义等值都被投射到组合轴，使组合轴上的各组语义关系也能实现语义等值。关于这一现象，格雷马斯结合雅各布森的“等值”概念做更进一步的分析。他的分析首先回归到义素身上，“义素同时属于两个意义世界，从操作的角度出发我们可以将其称为‘内在世界’和‘表征世界’。其实，它们不过是意义的两种不同的存在方式罢了”[①]。两个意义世界之间，意义的表征必须根植于内在世界，而内在世界的呈现需要依赖表征世界，两个意义世界互为前提，共同构成“语义微观世界”。从结构角度看，“所有的义素都同时属于两个不同的结构：系统结构和词素结构”[②]。系统结构内的义素是同质的，相互之间具有共性特征或上下位关系，它们之间是聚合关系；词素结构内的义素是异质的，它们之间是分属于不同体系的组合关系。义素的两个结构对应于义素的两个意义世界，即内在世界的义素是系统结构的，表征世界的义素是词素结构的。义素的存在方式和结构模式可以延伸到话语的构成上，话语意义的构成

① [法]A. J.格雷马斯.结构语义学：方法研究[M].吴泓缈译.北京：生活·读书·新知三联书店，1999：146.
② [法]A. J.格雷马斯.结构语义学：方法研究[M].吴泓缈译.北京：生活·读书·新知三联书店，1999：149.

也是通过系统结构（聚合关系）和词素结构（组合关系）的运作实现的。而诗歌话语的运作既受到一般话语运作的影响，又有所不同，“除了可以用语言单位进行切分之外，在内容和表达这两个层面上还会出现一种新的诗歌单位，诗歌单位叠加在语言单位上”[①]。所谓的“叠加”，就是诗歌话语的运作会在一般话语运作的基础上表现出表达与内容在结构上的一致，“表达与内容之间形成对称分布，其结构上的一致性表现在词素模板和义素模板（模板是音位图式和语法图式变化的结果）的层次上”[②]，即归结为“系统结构”与“词素结构”的一致，两者的一致性表现在内在世界与表征世界均形成系统结构，强调的是表征世界中的组合也是系统结构。所以一般话语显现依靠的上下层级关系，进入诗歌后就被改造为等值关系，“诗歌单位的双重身份——既是组合图式又是聚合模型”[③]，也就是说诗歌话语具有聚合层面和组合层面的双重等值性，这是当代诗歌语义等值的另一特征。

二、当代诗歌语义等值构成模式

当代诗歌可以在词语、短语、句子以及句子以上层次或跨语言单位形成语义等值，并且随着语义运作过程，等值的低层级语义关系可以共同构成更高一层级语义关系的等值。不同层级的语义等值不再是独立的个体，而是全诗语义等值构成过程的其中一环。当代诗歌的语义等值过程贯穿全诗，诗歌的语义运作过程与语义等值过程相伴。

① [法]A. J. 格雷马斯．论意义：符号学论文集（上册）[M]．吴泓缈，冯学俊译．天津：百花文艺出版社，2011：287.

② [法]A. J. 格雷马斯．论意义：符号学论文集（上册）[M]．吴泓缈，冯学俊译．天津：百花文艺出版社，2011：292.

③ [法]A. J. 格雷马斯．论意义：符号学论文集（上册）[M]．吴泓缈，冯学俊译．天津：百花文艺出版社，2011：289.

(一)当代诗歌的语义等值基础

虽然当代诗歌具有双重等值性的特征,但在对具体诗歌进行分析时,通常需要先从组合层面即诗歌表征的内容入手。如果暂时将显现在表征层面的话语看作一个完全封闭的文本,那么随着内容的扩张必然会产生冗余现象。对冗余现象的分析必须落实和回归到语义身上,话语的冗余现象要求人们从内容中提取出具有共性特征、可连接前后或上下文内容的义素作为定位义素,建立一个意义的统一层面,即一个同位关系。在已经确定的一个同位关系基础上,随着内容的发展变化,定位义素必然发生变化,话语也会围绕新的定位义素构成新的同位关系安置那些新产生的语义信息,所以在大部分情况下,话语都会出现多个同位关系共存的现象。如果从上下文同位关系或它们的定位义素中能够提取出新的、上位的义素作为新的定位义素,那么就能使低层级的同位关系进行合并,成为更高层级的同位关系,直至话语的结束。话语的推进和语义的生成不可能是单线和单义的,“当话语在表征层面上拒绝对一组或数组定位义素进行分析时,就会出现多义现象”①。之所以表征层面无法继续对定位义素进行分析,是因为这是一组对立的且具有复合衔接功能的定位义素,它也是人们在表征层面上对同位关系、定位义素进行合并和提取后,最终留下的一组定位义素。语义内容时而倾向于其中一个定位义素构成的同位关系,时而倾向于另一个定位义素构成的同位关系,这就是话语的复合同位。话语通过形象转换以及围绕对立定位义素构成的复合同位,也称为双重同位关系。在双重同位关系中,根据人们的主观认知,把包含不同定位义素的两个同位关系分为正复合同位关系和负复合同位关系。

① [法]A. J.格雷马斯.结构语义学:方法研究[M].吴泓缈译.北京:生活·读书·新知三联书店,1999:136.

诗歌的多义性是毋庸置疑的，格雷马斯认为诗歌就是“在两个对立的义素项中建立等值关系，合二为一：(内容)表/(内容)里。通过以上的形象转换，话语在一个双重的同位上展开”[①]。但对一首诗进行语义等值分析时，根据语义生成的过程和诗歌内容的复杂程度，人们不可能立马确定建立等值关系的对立义素和双重同位，而是需要从最简单的句子同位关系入手。除了根据人们的主观认知和语言习惯外，以常规和偏离作为标准也可以区分诗歌双重同位关系中的正项和负项，即更符合日常认知的同位关系为正项，偏离程度更高的同位关系为负项。例如：

(5)《扔鞋》　法清

鞋子的功能
那可多了去了
第一种功能
当然是保护脚
一个穿着鞋子走路的人
立马就变得优雅起来
所以说
光脚的，不怕穿鞋的
这就是鞋子的第二种功能了
所谓鞋破一身穷
鞋子的第三种功能
是可以当作武器
大人用来打孩子

① [法]A. J. 格雷马斯．结构语义学：方法研究[M]．吴泓缈译．北京：生活·读书·新知三联书店，1999：137.

女人的高跟鞋
可以垫高女人的屁股
也可以敲破另一个女人的脑袋
鞋子的第四种功能是隐喻
骂一个人是破鞋
那就是说
她的羞耻感已经破产
把无耻当成了勇气
对这样的人
他演讲时
你就可以向他使劲扔鞋

诗人围绕鞋子列举出它的四种功能:第一种功能是保护脚;第二种功能是使人走路优雅;第三种功能是利用相似性特征[+可伤人]构成鞋子与武器的同义手段,凸显鞋子的功能是用来打人;第四种功能是鞋子的隐喻义,以“破鞋”指代“乱搞男女关系的女人”。从每种功能身上提取出构成同位关系的定位义素,分别是[+保护][+优雅][+打人][+品质败坏]。前两个同位关系表示鞋子的普遍功能,可重新提取出定位义素[+普遍性];后两个同位关系表示鞋子的特殊功能,即把鞋子的意义进行引申后具有的功能,从中重新提取出定位义素[+特殊性]。定位义素[+普遍性]和[+特殊性]是一组对立的定位义素,围绕这组定位义素分别构成的同位关系,相互之间是语义等值的。诗歌关于“鞋子”的定义就在鞋子的普遍功能和鞋子的特殊功能之间展开。由于鞋子的普遍功能更接近人们的常规认知和鞋子的本义,而鞋子的特殊功能体现的是鞋子的偏离意义,所以由前者构成的同位关系可作为正项同位关系，后者构成的同位关系可作为负项同位关系。

(6)《土豆》　孟松

这些来自大山里的土著
蝈蝈说是土豆
芒原说，那叫马铃薯也叫山药蛋
我说其实就是
老家山坡上的山红苕
就像他们叫我孟松
有人又喊我二娃
还有人叫我孟警官、孟科长
其实没有啥区别
只不过，换了个马甲
内心里只有我们自己知道
你我就是，那颗颗累累伤痕的山红苕
一想到在城市这个烂背篼里
隐忍着别人的挑来选去
土豆一样，我就有暗暗积攒毒素

诗人首先以“土豆”和“马铃薯”“山药蛋”“山红苕”、“我”和“孟松”“二娃”“孟警官”“孟科长”建立词语指代的同义手段。这些同义手段表现了不同情境下对同一对象的指称，它们分别构成的同位关系都具有相同的定位义素[+名称变化][+本质不变]。从两个同位关系包含相同定位义素的角度看，“土豆”与“我”之间存在某些相似性，即从这两个对象之间提取出相同可能特征[+出身][+被挑选]作为相似性，说明诗歌暗含了“土豆”与“我”之间的比喻关系。比喻关系也使“土豆”和“我”形成了语义等值，并且“我”获得“土豆”的可能特征[+有毒素]，对应到人身上就暗示了人具有反抗力量。虽然“土豆”和“我”之间具有相似性，但两个对象的核心义素[+植物]和[+人]又成为对立的定位义素，围绕这两个定位义素分别组织起与这两个对象有关的同位关系。由于在比喻关系中，本体“我”获得了新的特征，所以将与“我”有关的同位关系看作负项，与“土豆”有关的同位关系看作正项，构成语义等值的双重同位关系。虽然正、负同位关系的内容较为分散也存在重合，但以“土豆”和“我”的比喻关系为基础，保证了两个对象之间的语义等值贯穿全诗。

(7)《微词》 梁立杰

微时代来临：微信，微博，微相册，微访谈
下来就是微爱情。微夜晚。微岁月。微感觉。
以前我知道：微笑。微小。微寒。稍微。微雨。
原来是作形容词。现在是名词。
从词语充当的成分看
人们变得越来越现实了
人们慢慢地把一切都省略
直奔主题。这个微的过程
就是一个很好的例子
说明人类够狠：
连一个小小的字儿也不放过

诗歌前三行列举了以“微”构成的词语，并分为以前的词语和现在的词语。两类词语各有不同的特征：前者是形容词，包含“微”的可能特征[+轻微]；后者是名词，包含“微”的可能特征[+微小]。然后根据因果邻近性，从名词具有浓缩概念意义、词语包含可能特征[+微小]的角度联想到人们以一种省略、直接的方式看待世界，把现在的微词与人们看待世界的方式相联系，构词方式的变化也能体现人们的认知变化。虽然诗人没有对以前的词语与人们认知之间的关联进行说明，但以前的词语和现在的词语之间的对比不只停留在词义和构词两方面，同样也会体现在词语与认知的关联上。所以，读者可以通过已构成的语义关系推导出未出现的语义关系，即诗歌还隐藏着从以前的微词可见人们以更耐心的态度看待世界。以语义对比和定位义素的对立为基础，以前的微词以定位义素[+轻微]构成正项同位关系，现在的微词以定位义素[+微小][+直接]构成负项同位关系，正负同位关系形成语义等值。其中，负同位的定位义素[+直接]又与人类的品质狠的可能特征[+果断]产生相似，即从词语的构词变化和人的认知变化反映出人的品质，形成“微”的变化与“狠”的语义等值。

在一首诗中，对局部内容构成的低层级同位关系的语义等值情况进行分析，是推导全诗语义等值的第一步。比如例(5)围绕鞋子的四种功能分别构成的同位关系，相互之间是语义等值的；例(6)同一对象的不同指称之间不仅是同义手段和语义等值，围绕这些同义手段构成的同位关系相互之间也是语义等值的；例(7)将两个具有邻近性的聚合空间内对象直接投射到组合轴，直接表现出当代诗歌的双重等值性。然后通过寻找相同的定位义素或提取出新的定位义素，整合低层级的同位关系。由于有些修辞手段的使用会涉及多个语义关系或者修辞手段构成的语义关系贯穿整首诗，所以可以围绕着修辞手段构成的语义关系对低层次的同位关系进行整合。比如例(6)以“土豆”和“我”构成的比喻关系，例(7)构成以前的微词和现在的微词的语义对照，在它们之下聚集着其他分散的同位关系。在同位关系整合过程中，直至提取出对立的定位义素以及围绕着这组定位义素形成的双重同位关系，才能确定一首诗表征内容最基础、根本的语义等值关系。双重同位关系的语义等值是需要推导并潜藏在具体内容之下的，反过来看，正是以这组语义等值的双重同位关系作为支撑，才可能生成诗歌内容上更容易识别的对象或语义关系的等值。

(二)当代诗歌的语义等值表征

当代诗歌语义等值的表征一方面来自从诗歌内容上如何表现语义等值，另一方面来自双重同位关系的结构带来的意义效果。在实际操作过程中，这两个方面是相互结合共同体现诗歌的语义等值的，内容上存在的语义等值是建立双重同位关系的前提条件，双重同位关系是对内容上的语义等值的概括。但为了详细描述诗歌语义等值在这两方面的表现，暂时将它们分开讨论。

1. 当代诗歌等值的内容表征

当代诗歌是能指形式和所指形式的同一。形式即内容，所以它的语义等值内容表征涉及能指形式和所指形式两个层面的等值以及两个层面之间存在的语义等值关联。当代诗歌最基本的语义等值表征为一组双重同位关系，构成双重同位关系的方式并不仅限于呈现在读者面前的诗歌内容，诗歌文本之外的内容也可能与诗歌内容形成双重同位关系。例如：

(8)《一粒谷子》 田禾

一粒谷子。小小的一粒谷子,
让一个农民耗尽了最后的体力。

一粒谷子。播进泥土,它是一颗种子。
脱掉外壳,煮熟了又叫米饭。

一粒谷子。农民把它叫命根子。
皇帝把它叫成粮草。总理叫它粮食。

一粒谷子。我把它叫汗水或苦难。
更把它叫一个日子。

全诗共四节,每节诗的开头都反复出现“一粒谷子”。能指形式的反复使不同诗节都包含相同的内容,这些相同的内容无论表现为词语、短语或句子,都可将其看作一个独立、完整的同位关系,并且它也是一个定位义素。以相同的内容作为定位义素,就意味着不同诗节之间是语义等值的。诗歌中有规律和反复出现的内容是识别诗节之间语义等值最明显的标志。

每节诗除了以[+谷子]作为固定的定位义素外,诗节中其余语义关系也以不同定位义素构成同位关系。第一节诗以定位义素[+种植][+劳作]构成同位关系。第二节诗分别以定位义素[+可种植][+可食用]构成“谷子”“种子”“米饭”的同义手段。第三节诗以相似性可能特征[+珍贵]作为定位义素构成“谷子”和“命根子”的同义手段,以定位义素[+稳定社会的东西]构成“谷子”和“粮草”“粮食”的同义手段。第四节诗从“谷子”具有的可能特征[+劳动强度大]与“汗水”“苦难”具有的可能特征[+辛苦]中提取出相似性特征[+困难]作为定位义素，构成“谷子”与“汗水”“苦难”的同义手段，又从“谷子”的可能特征[+可食用]与“日子”的可能特征[+生计]中提取出相似性特征[+生存]作为定位义素，构成“谷子”与“日子”的同义手段。诗歌中大部分的同位关系都构成了“谷子”与其他对象的同义手段和语义等值。在继续合并各同位关系的基础上，从第一、第二节诗以及第三、第四节诗的定位义素中可分别归纳出一组对立定位义素[+自然属性]和[+社会属性]，即前两节诗构成诗歌的正同位关系，表示为谷子[+自然属性]，后两节诗构成诗歌的负同位关系，表示为谷子[+社会属性]。正负同位关系之间形成这首诗最根本的语义等值，负同位关系使“谷子”获得新可能特征[+与社会生存有关]，并以此作为“谷子”和“农民”之间的邻近性，突出“农民”努力生存的状态。

(9)《五只手套》 张作梗

五只手套扔在风中。

五只手套沾满黄泥，扔在风中，刚好不能被风吹走。

五只手套，三只灰白，两只乌黑；它们

扔在风中，像五只被拔光羽毛

在尘土中扑腾的鸟儿。——

五只手套，扔在风中，因沾满

黄泥而不能借助风势挪动，挤靠在一起取暖。

五只手套，两只姓王，两只姓李，还有

一只姓陈。——只因陈氏是个独臂者。

五只手套被分别抽走手指，扔在风中，像是手的遗腹子。

五只沾满黄泥的手套，扔在风中，多次在

风中欠起身，像是要向这嘈杂、

冷漠的钢筋水泥生活致敬。

在这首诗中出现了诗句“五只手套扔在风中”不规律的反复，并且每次反复的能指形式会略有不同，即采取不同的句读形式或插入、补充其他内容信息，不过仍然可以将这一诗句的反复看作固定的定位义素以及同位关系的划分标志。除此之外，包含反复内容的同位关系之间还存在并列关系，反复和并列能体现能指形式的往复，也是提示同位关系之间语义等值的重要手段。

诗歌前两行以“手套”的可能特征[+有重量]作为定位义素构成同位关系；第三至第五行以可能特征[+颜色][+形状]作为相似性构成“手套”和“鸟儿”的比喻关系。“手套”的本义，即可能特征[+手部保护]作为合并前两个同位关系的定位义素。第六和第七行以定位义素[+不能移动][+受寒]构成同位关系。第八、第九行和第十行都以“手套”与“手”的邻近性为基础，前者以“手套”指人，并突出了一个独臂者，后者从“被分别抽走手指”和“遗腹子”之间提取相似性特征[+孤零零]构成比喻关系。第十一至十三行以相似性可能特征[+弯曲]形成“手套”和“欠起身”的借喻关系，“欠起身”又与“致敬”具有相似性可能特征[+恭敬]。从诗歌的第六行开始，在拟人和比喻修辞手段的作用下，“手套”与人或人的行为产生语义等值，并且可从第六至第十三行的四个同位关系中提取出定位义素[+卑微][+无助]作为合并同位关系的基础。由于“手套”的所指对象发生变化，所以前两个同位关系和后四个同位关系具有的定位义素产生对立关系，前者表示“手套”的本义，可做正同位关系；后者是对“手套”本义的偏离，可做负同位关系。正负同位关系之间形成这首诗最根本的语义等值，负同位关系形成的语义等值进一步凸显了底层人民的生存不易。

（10）《笼子》（外一首） 夏文成

关住一只鸟
就关住了一片天空；关住了
一只虎，当然就关住了一片森林
起初，鸟和老虎都急欲逃出去
但时间一久，它们都不约而同地发现
其实笼子挺好，即使将它们放生
它们也总是恋恋不忘
笼子里衣食无忧的生活
它们哪里知道，当年的绿林好汉拼死拼活
就是为了抢夺一个舒服的笼子
它们也不会知道，人类历史就是一部
抢夺与反抢夺笼子的历史

在诗歌前八行的内容当中，除第四行以定位义素[+打破束缚]构成语义关系外，从其余诗行中可提取出表示“鸟”和“老虎”生存状态的定位义素[+被困][+衣食无忧]。定位义素[+打破束缚]和[+被困]的对立，表现出动物想要逃脱笼子和安于笼子中的生活两种状态的对立和语义等值，后一种生活状态也使“笼子”产生象征意味，即象征衣食无忧、安定的生活。

从第九行诗至结尾，诗人转向建立人类的生存状态与“笼子”象征意义之间的语义关系，从中可提取出定位义素[+争夺]，以及“笼子”的另一象征意义——舒适。由于人类抢夺“笼子”与动物安于笼子中的生活两个同位关系都体现了“笼子”的象征意义，所以两个同位关系之间也存在语义等值。诗歌通过两组语义等值关系凸显了“笼子”的两个可能特征，一个是表示“笼子”基本功能的可能特征[+关住]，另一个则是从“笼子”的象征意义中提取的可能特征[+安稳]。两个语义相近的可能特征做诗歌正负同位关系的定位义素，负项同位关系还暗示人类为了抢夺“笼子”可以不惜一切代价。

这首诗除了在前三行利用错综构成两组语义关系并表现出一定内容的反复外，并没有直接借助能指形式的往复引出语义等值，而是主要根据同一对象“笼子”的语义特征变化以及同位关系之间具有相同的定位义素确定语义等值。

(11)《乌有村》　杜绿绿

在我们家乡
驴会打伞，黑狗对主人咆哮。
夕阳般的屋顶上
有偷情的人。

法官大人藏在暗处
一群傻子在家里拍手欢庆。

多好玩的生活，

每个人都有热爱的事
每只羊都会下奶
每一天，
都会重现。

诗人利用夸张修辞手段和违反常规逻辑的方式构成诗歌的各组语义关系。比如，“驴会打伞”“黑狗对主人咆哮”“法官大人藏在暗处/一群傻子在家里拍手欢庆”都有悖于驴的特征以及狗与主人、法官和傻子之间的关系；屋顶上偷情的公开性违背了道德伦理；以一概而论的方式确定“每个人都有热爱的事”“每只羊都会下奶”“每一天，/都会重现。”。每组语义关系由不同定位义素构成同位关系，整首诗都是对“乌有村”场景的重构，所以将整首诗的内容看作以定位义素[+不真实][+虚幻]构成的“乌有村”同位关系。而在诗歌文本之外，还有一个与“乌有村”相对的、符合常规逻辑和人们认知、以定位义素[+真实]构成的同位关系“现实世界”。“乌有村”同位关系直接显现在诗歌文本中，“现实世界”同位关系虽没有直接显现，但以语境知识的方式存在于人们的认知中，两个同位关系的定位义素相反，前一个同位关系是诗人重构的、偏离的同位关系，可做诗歌的负项同位关系，后一个同位关系符合正常逻辑，可做诗歌的正项同位关系，出现在文本内外的同位关系共同构成诗歌的双重同位关系和语义等值。正反对立的语义等值还使负项同位关系表现出反话正说的反讽效果，表面上是欣欣向荣的村庄生活，内里却是批判这种荒谬的生活状态。

例(8)、例(9)分别以能指形式规律或不规律的反复和并列，使诗歌内容具有明显的能指形式往复。能指形式的往复可作为固定的定位义素,说明包含相同内容的同位关系之间是语义等值的。无论是低层次的同位关系之间的语义等值,还是最终的双重同位关系语义等值,都表明诗歌的语义等值也是在所指形式层面表现出的语义往复。这也说明在构成诗歌语义等值的过程中,能指形式的往复可以作为提示推导出所指形式的语义往复路线,并最终提取出诗歌双重同位关系的等值。与例(8)、例(9)不同,例(10)、例(11)都没有明显的能指形式往复,而是主要从构建所指形式的语义等值确定诗歌的语义等值。例(10)从同一对象的两个可能特征出发构建诗歌的双重同位关系和语义等值。例(11)构建的语义等值,一方面利用诗歌文本内和诗歌文本外两个层面构建双重同位关系,没有出现在文本内的同位关系通常以语境背景的方式存在;另一方面还存在以诗歌内容构成的表层语义关系与诗人真正想要表达的意图构成的内里语义关系之间的语义等值。所指形式的语义等值实际上也意味着承载着意义的能指形式之间是等值的。诗歌内容在所指形式和能指形式两个维度上的语义往复,是构成当代诗歌语义等值的重要条件。

2. 当代诗歌等值的双重同位关系表征

当代诗歌最基础的语义等值即双重同位关系的语义等值,是围绕诗歌内容进行语义等值推导的结果,而在确定双重同位的正负项具体所指之前,语义等值的推导过程实际上与双重同位关系的运作过程是重合的。格雷马斯采用了布龙达尔设计的模型用来说明双重同位关系运作的方式,双重同位关系的运作除了包含正负同位关系的构成外,还包括正负项之间以怎样的关系实现诗歌的语义等值。后者具体表现为三种类型:双重同位中正负项之间的关系是平衡的、正负项之间正项占优、正负项之间负项占优。[①]例如：

(12)《汉字的发音》 子川

爱，说出来的声音
有点像叹息，也有点儿含混
似乎想说什么
却往后吞咽了一下
这就使爱的声音很轻柔

恨，用气下挫
音节短，有点硬，不能持久
似有某种躲避
也许怕声音一旦拖长
就恨不起来

快乐的语言有点拗口
烦恼的语气，有着厌烦的表情
伤心，前一个音节较长
伤到心为止
苦闷音节短促
收在鼻音上，闷得直哼哼

利润的发音有点滑腻

① [法]A. J. 格雷马斯．结构语义学：方法研究[M]．吴泓缈译．北京：生活·读书·新知三联书店，1999：141–142.

像勾人的妙女
专制的发音，卷舌，煞风景
专制与暴君同行

活，这个字
口形有点复杂，合口呼
上下唇合成阿Q没画好的圆圈
死比较简单，齐齿呼，细声
轻轻吐出，异常清晰

诗人从发音方式、发音特征角度对“爱”“恨”“快乐”“烦恼”“伤心”等汉字或汉语词语进行重新解读。如“爱”的发音与叹息声相似、有含混和吞咽的特征，根据定位义素[+声音效果]使“爱”与“轻柔”暂时等值。“恨”因去声声调而具有可能特征[+声音持续时间短]，这与“躲避”的可能特征[+动作迅速]存在相似性，所以“恨”与“躲避”暂时等值。在对这些词语进行重新分析时，诗人选择突出字词本身的发音特征以及根据语音效果产生的语义联想，使这些字词获得了新可能特征。所以，从这些字词的同位关系中可以提取出定位义素[+发音特征]和[+语义特征]。相同的定位义素说明了在诗歌中这些同位关系之间形成了语义等值。同时，诗歌也围绕着这两个对立的定位义素构成语义等值的正负同位关系，正项是与定位义素[+发音特征]有关的“听感”，负项是与定位义素[+语义特征]有关的“语义联想”。在双重同位关系运作过程中，正项的内容是实现负项构成新的语义联想关系的前提，而负项进一步凸显了诗人利用语音象似性重新建立字词“声音形象”的过程。虽然诗歌的语义重心在负项，但整首诗是以正负项平衡的方式实现语义等值。

(13)《罪人》 张凡修

细想想,我每天都在做着
与扼杀有关的事情——
土豆扁圆椭圆,千挑万拣
从不长芽的部位
我下刀了
切成若干小块,才入土;
一根南瓜藤顺墙而上,爬得正欢时
那嫩嫩的尖儿
我用指甲掐断;
郁郁葱葱的白薯秧子
每走一步就扎下根
我残忍地连根拔下,仍不解恨
还将其身子翻过来;
一只安静之鸟在田间散步
我忍住手里的石子
但我忍不住手里的锄头;
草是无辜的:铲光又长,长出又铲;
秧苗更无辜
那些长错位置的,弱小的,没出息的
砍掉,毫不犹豫。
这样的扼杀,不知重复多少次
有时我觉得,我是个罪人。

诗人从切土豆、掐南瓜藤嫩枝、摘白薯秧子、铲草、铲秧苗等行为中提取出定位义素[+改变对象原本形态],这些行为又包含“下刀”“掐断”“连根拔下”“铲光”等动作,从中可提取出定位义素[+凶狠][+不致死],这几个行为重新构成处理植物聚合空间。聚合空间的定位义素[+改变对象原本形态]与“扼杀”行为的可能特征[+摧毁]相似,且“扼杀”也具有可能特征[+凶狠],由此形成处理植物的行为与“扼杀”之间的等值,而“扼杀”也通过语义等值获得了新可能特征[+不致死],并由此引申出另一可能特征[+不犯罪]。这些内容构成的“扼杀”同位关系可做诗歌的负项同位关系。诗歌的正同位关系由具有可能特征[+有犯罪行为]的“罪人”构成,它原本与“扼杀”的本义[+致死]具有邻近性,但“扼杀”的新可能特征[+不致死][+不犯罪]则与[+有犯罪行为]相反,即正负同位关系围绕一组相反的定位义素构成并形成语义等值。诗歌在正负同位关系的对立与矛盾中实现双重同位关系的平衡,负项的“扼杀”则重新定义了择菜除草等行为和“罪人”的概念。

正负同位关系之间不可分割,共同作用。当诗歌中的正项和负项之间处于平衡的关系时,就说明两者在内容表征上所占比重相同且相互影响,最终构成双重同位关系的语义等值。而当诗歌中的正项和负项之间其中一项占优时,占优的那项包含的语义内容更丰富并且能对不占优的那项产生影响。例如:

(14)《冰钓者》　王家新

在我家附近的水库里,一到冬天

就可以看到一些垂钓者,

一个个穿着旧军大衣蹲在那里，
远远看去，他们就像是雪地里散开的鸦群。
他们蹲在那里仿佛时间也停止了。
他们专钓那些为了呼吸，为了一缕光亮
而迟疑地游近冰窟窿口的鱼。
他们的狂喜，就是看到那些被钓起的活物
在坚冰上痛苦地甩动着尾巴，
直到从它们的鳃里渗出的血
染红一堆堆凿碎的碎冰……
这些，是我能想象到的最恐怖的景象，
我转身离开了那条
我还以为是供我漫步的坝堤。

诗人围绕“冰钓者”建立了一系列语义关系，其中重点描述了“冰钓者”的钓鱼过程，以及“我”对“冰钓者”钓鱼行为的反应。在这两个同位关系中，前者表现为专钓为了呼吸和光亮的鱼、鱼痛苦地甩动着尾巴、鱼鳃渗血、血染碎冰，从中可提取出定位义素[+残忍]；后者表现为“想象到的最恐怖的景象”“转身离开”，从中可提取出定位义素[+不忍]。两个同位关系的定位义素对立，相互之间形成语义等值，冰钓者的钓鱼过程为正项，我对冰钓者钓鱼行为的反应为负项。正项同位关系包含的内容在诗歌表征上占绝对优势，同时正项同位关系的内容直接影响了负项内容的构成，即钓鱼过程与恐怖景象形成语义等值和新的语义关系，最终构成负项“我”的态度，即“我”并不赞同“冰钓者”过于残忍的钓鱼方式，也认为他们的行为影响了公共环境。所以，在这首诗的双重同位关系运作中,正项占优,负项内容的构成受正项的影响,并且正项的场景描写是为了突出负项的个人态度。

(15)《纸钱》　田禾

父亲,我今天是特地
给你送钱来的
现在大家都富裕了
我不能让你还在那边受穷
你的儿子谈不上发达
钱还是挣了点儿

今天我给你带来了
纸币、金元宝和亿元大钞
还有点美金
父亲你都收下吧
现在物价每天都在涨
想必你那里也一样

你就不要再刻薄自己了
该花的地方一定要花
冬天的棉衣要添
家里的存粮要有
酒,你可以多买些
我知道你就好这一口

其实，再多的钱
也就是一堆火焰的重量
一堆灰烬的重量
你坟前的那些草木
不懂悲伤，但会帮你扛

诗歌的前三节围绕着给阴间的父亲送纸钱展开，各节构成的同位关系都与“纸钱”有关。从第一节诗描述“送钱”的同位关系中可提取出定位义素[+有钱]，从第二节诗描述纸钱种类和物价上涨的同位关系中可提取出定位义素[+购买力变弱]，从第三节诗对父亲的叮嘱的同位关系中可提取出定位义素[+改善生活]。从这三节同位关系提取出的定位义素都显示在诗歌祭扫场景语境下，“纸钱”与人类社会的货币形成语义等值，“纸钱”获得了人类货币的可能特征。前三节同位关系共同构成更高层次的同位关系纸钱的功能，新的定位义素是前三节同位关系定位义素的上位概念[+虚拟世界中的作用]。第四节诗利用“纸钱”的可能特征[+用于燃烧]和“火焰”的可能特征[+燃烧]之间的邻近性，以及“纸钱”和“灰烬”都具有可能特征[+燃烧]而产生的相似性，分别构成“纸钱”与“火焰”“灰烬”的语义等值。这两组语义等值使“纸钱”回归其本义——祭祀用品。最后两行诗指出“坟前的那些草木/不懂悲伤”，实际上点出了诗歌的主题“寄托哀思”，这也是“纸钱”作为祭祀用品最根本的作用。最后一节诗同样构成同位关系——纸钱的功能，只不过定位义素是[+现实世界中的作用]。前三节诗和最后一节诗构成的同位关系分别指“纸钱”的不同功能且定位义素对立，两者之间存在语义等值。在祭扫场景语境下，前三节诗表现的“纸钱”功能代表了祭扫者的美好愿望，更符合日常实际情况，可做诗歌的正项；而第四节诗回归到“纸钱”的本质属性则往往被人忽略，可做诗歌的负项。在诗歌中正项的内容占据绝对优势，并且正项内容起到引出负项内容的作用，所以这首诗的双重同位关系运作是正项占优，负项内容突出的寄托哀思，暗含了“我”对“父亲”的思念。

在诗歌的双重同位关系运作中，正项同位关系占优主要表现为正项内容更丰富以及正项内容已经被读者接受，而负项内容相对隐晦或需要通过正项内容得到进一步显现。在双重同位关系中负项占优的情况下，负项内容的显现会更直接和明确，例如：

(16)《我不知道，我做的这些算不算爱国》　秦时月

我爱祖国的方式有些特别
清晨，我为老父端来一杯温水
傍晚，我为劳碌的母亲捶捶背
深夜，我为儿子掖掖撑开的被
偶尔，也为老婆量量升高的血压

做着这些的时候，我还常常会荷起一柄长锄
去那一亩三分地，给我亲爱的苗儿松松土
浇浇水、除除草、施施肥
顺便和它们拉拉呱
说些只有我们能懂的话

我的祖国很大，而我做的很小
我不知道，我做的这些算不算爱国

从标题已知“爱国”是这首诗的主题，但纵观整首诗，人们常规认知中的爱国行为或事迹都没有出现，只是在开头和结尾提到“爱国”，所以可以把“爱国”看作正项同位关系。在诗歌内容上占据更大优势的是诗人对“我爱祖国的方式”的描写，表现为日常生活中对家人的陪伴和照顾以及认真耕种的行为。“我爱祖国的方式”是对常规认知的爱国行为的偏离，这既是个人行为，看上去也似乎有些微不足道，所以围绕“我爱祖国的方式”构成的同位关系可作为负项同位关系。正项同位关系“爱国”的定位义素由其可能特征[+抽象概念]表示，负项同位关系“我爱祖国的方式”可提取出定位义素[+具体行为]，“我爱祖国的方式”与“爱国”之间存在部分与整体的邻近性，并且两个定位义素之间语义对立，正负同位关系之间形成语义等值。在这首诗的双重同位关系中，负项内容占优且表现出语义偏离，诗人把一个人努力、认真地生活重新定义为一种爱国行为，以平平淡淡的生活消解了轰轰烈烈的行为与“爱国”之间的关联。

(17)《下辈子》 老刀

如果可以

选择，

下辈子，我愿意做一只蚂蚁。

做一只蚂蚁多好，一条缝隙就可以是他的家园，

一棵小树就可以是他的祖国。

只是不能做牛、做马，不能做青蛙，

读过一首诗后，我发现最不能做的是狗。

一条狗，可以被主人随意捕杀。

被捅上一刀之后，狗可以挣脱，可以逃跑，可以远走他乡。
一条狗你说它又能逃哪儿去呢?
逃到你的家乡是野狗，逃到我的家乡是丧门之犬。
怎么逃都逃不出狗的命运。
你看，那条被捕杀了一刀的老狗，它挣脱了，
它在村子里一边逃跑一边痛苦地叫喊。
仿佛有一根无形的绳子把它往回拉，
跑着跑着狗就放慢了脚步。
跑着跑着又回到了村庄，
朝一只手还藏在背后的主人摇起了尾巴。

诗歌从下辈子愿意做什么动物切入，分别形成“我”与“蚂蚁”的比喻关系和“我”与“狗”的反喻关系，即愿做一只蚂蚁和不愿做一条狗，这两组语义关系也使“我”分别与“蚂蚁”“狗”形成语义等值，以这两组语义关系为基础还可分别构成更高层级的同位关系。在“蚂蚁”的同位关系中，通过相似性特征[+空间]，“蚂蚁”的栖身之地“一条缝隙”及“一棵小树”分别与“家园”及“祖国”形成语义等值，表现出“蚂蚁”是有独立生存空间、“有家”的动物。由此可从“蚂蚁”同位关系中提取出定位义素[+有归宿]。在“狗”的同位关系中，它的生存状况是被捕杀、被捅刀、无处可逃、不被接纳、受到伤害还是会对主人摇尾巴，从中可提取出定位义素[+无家可归]。两个同位关系之间除了具有对立的定位义素[+有归宿]和[+无家可归]外，还推导出隐藏的、语义对立的定位义素，即属于“蚂蚁”同位关系的[+愿意][+幸福]，属于“狗”同位关系的[+不愿][+不幸]。所以，诗歌以“蚂蚁”的同位关系为正项，以“狗”的同位关系为负项，共同构成正负项

语义等值的双重同位关系。相较于正项同位关系仅表现出对某种生活的期盼，负项同位关系的内容不只是不愿为狗，还体现了“狗”被杀害与主人卑鄙、残忍行为之间的关联，暗含了诗人对“狗”不幸命运的哀叹和对冷血主人的批判。所以，这首诗的双重同位关系运作直接以负项占优的方式凸显负项同位关系的意味。

双重同位关系运作方式表现了诗歌在形成双重同位关系语义等值的同时正项和负项之间的语义关系，不同的运作方式并不影响正负项之间构成诗歌最基本的语义等值关系。从当代诗歌语义生成的角度看，无论诗人选择哪一种双重同位关系运作方式，由于负项同位关系包含的语义关系相较于常规形式，甚至是正项同位关系都更为偏离，所以当代诗歌的语义重心往往落在负项同位关系身上，负项的内容与诗歌主题的关联更紧密，更能体现诗歌的主题。

（三）当代诗歌的深层语义等值

诗歌表征上的语义等值最终落实到双重同位关系上，但这并不是诗歌语义等值构成过程的最后一环。诗歌的语义生成并非在表征层面就结束了，在表征层面之下还隐藏着诗歌的深层语义等值关系。例如：

(18)《车过黄河》　伊沙

列车正经过黄河
我正在厕所小便
我深知这不该
我应该坐在窗前
或站在车门旁边
左手叉腰

右手做眉檐
眺望　像个伟人
至少像个诗人
想点河上的事情
或历史的陈账
那时人们都在眺望
我在厕所里
时间很长
现在这时间属于我
我等了一天一夜
只一泡尿功夫
黄河已经流远

诗歌围绕火车经过黄河这一场景展开叙述。诗歌的第四至十二行描述了火车经过黄河时人们通常的行为，包括“叉腰”“眺望”“想点河上的事情”等，这些行为与“黄河”的宏伟、“黄河”的文化内涵相匹配。它们共同构成同位关系“应该做的事情”，并根据所做行为提取出定位义素[+正经]。其余诗歌内容描述了火车经过黄河时我正在做的事情，包括在厕所小便、独处、思绪随着尿液和黄河流走，这些行为与通常人们见到“黄河”时的行为相反。它们共同构成同位关系“我正在做的事情”，并根据所做行为提取出定位义素[+不正经]。两个同位关系因都与火车经过黄河相关，且定位义素之间语义对立、相反，而形成语义等值，并构成诗歌的双重同位关系。诗歌由具有定位义素[+正经]的“应该做的事情”作为正项同位关系，由具有定位义素[+不正经]的“我正在做的事情”作为负项同位关系，双重同位关系之间负项占优。

诗歌的正负同位关系从正反对立的角度重新诠释了中华文化中的“黄河”意象，负项同位关系用解决生理需求的行为解构了“黄河”内涵中的宏大意义。借助表征层面对“黄河”内涵的解构以及负项同位关系定位义素[+不正经]，诗人在深层意义上激活了定位义素[+反对]，并重新构建两个定位义素及其所处同位关系之间的邻近性，即把“我正在做的事情”也即个人行为与打破崇高联系在一起，表现出对模式化的象征、权威的打破。同时，诗歌在深层意义上构成个人行为与打破崇高之间的语义等值。

(19)《天机》　胡续冬

从幼儿园老师的讲述中，
我看到了一个不一样的你：
瘦小的身躯里藏着千吨炸药，
旁人的一个微小举动可以瞬间引爆
你的哭号、你的嘶叫，
你状如雪花的小拳头会突然变成冰雹
砸向教室里整饬的欢笑。
我歉疚的表情并非只用来
赎回被你的暴脾气赶走的世界。
我看着老师身后已恢复平静的你，
看着你叫“爸爸”时眼中的奶与蜜，
看到的却是你体内休眠的炸药里
另一具被草草掩埋的身躯：

那是某个年少的我，
吸溜吸溜地喝稀饭，
遍地吐痰，从楼上倒垃圾，
走在街上随手偷一只卤肉摊上的猪蹄，
抢低年级同学的钱去买烟，一言不合
就掏出书包里揣着的板砖飞拍过去。
我们自以为把自己掩埋得很彻底，
没有料到太史公一般的DNA
在下一代身上泄露了天机。
女儿，爸爸身上已被切除的暴戾
对不起你眼中的奶与蜜。

“女儿”在幼儿园里表现出脾气暴躁、易怒、哭号、嘶叫、挥拳头等情绪和行为，从这些行为中可提取出定位义素[+暴躁]，构成同位关系“幼儿园里的女儿”。然后利用女儿与父亲之间的邻近性，以及“你体内休眠的炸药里/另一具被草草掩埋的身躯”，引出并构建“年少的我”的同位关系。在这个同位关系中，“我”表现为吸溜地喝粥、随意吐痰、乱倒垃圾、小偷小摸、抢钱买烟、用板砖拍人，从这些行为中可提取出定位义素[+品行不端]。这两个同位关系之间既具有邻近性，也可从它们的定位义素之间提取出新的定位义素[+负面]，使这两个同位关系合并成新的同位关系“父女品性”以及提取出另一个定位义素[+显露]。诗歌剩余内容则围绕着“天机”构成同位关系，诗人以“天机”暗喻父女品性相似的原因，从中可提取出定位义素[+遗传]和[+隐藏]。两个同位关系之间因具有语义对立的定位义素和语义邻近性形成语义等值，“父女品性”同位关系作正项,“天机”同位关系作负项,两者共同构成正项占优的双重同位关系。负项同位关系除了是对正项内容进行解释外,还以负项同位关系的内容和定位义素激起深层意义上的对象“人性”。“天机”和“人性”之间都具有相同的定位义素[+隐藏],而“人性”还携带另一定位义素[+共同的],由此构成“天机”和“人性”之间的语义等值。所谓的“天机”就是人性的秘密,人的本性中都有或都曾有消极的一面,但消极与积极是可转换的。

(20)《站立》 张作梗

写一首站立的诗,
像天空那样站立,
像界桩那样,即使被荒草或炮火掩埋,
也以一个国家的尊严站立。

鄙夷那些趴着或跪着的诗,
以绝不妥协的笔触,写一首站立的诗。
像马那样,疲累已极,
也站着睡觉;
像树那样,摒弃头上另外无数条腿,
一生只以一只脚站立。

在这个崇奉躺下休憩的时代,
写一首站立的诗。
写一首纪念碑一样站立的诗,以纪念那些
为脊骨站立而

视肉体如草芥的人；
写一首烟囱一样站立的诗，但绝不
喷吐浓烟的怨言，
而是在它炽热的心脏，
冶炼高纯度的灵魂。

写一首站立的诗，哪怕耗费蓄积一生的
心血。写一首站立的诗，
为头颅站立者塑像。

诗人对“诗”进行拟人后使其具有原本属于人的特征“站立”，构成诗句“写一首站立的诗”。在诗歌中，“写一首站立的诗”反复出现，有时单独作为本体与其他对象构成比喻关系，或把喻体直接插入“写一首站立的诗”中充当修饰成分构成比喻关系。这些比喻关系都以“站立”的可能特征[+直立]作为相似性，比喻关系还凸显了“站立”的另一个可能特征[+不屈]。[+直立]和[+不屈]也成为说明各组比喻关系之间语义等值的定位义素，以及成为各组比喻关系共同构成的“站立的诗”同位关系的定位义素。与“站立的诗”相对的则是仅在诗歌中少量出现的“趴着或跪着的诗”和“在这个崇奉躺下休憩的时代”，它们构成具有定位义素[+倒下][+软弱]的同位关系“趴着的诗”。两个同位关系的定位义素相反，形成语义等值，且“站立的诗”为负项，“趴着的诗”为正项，在双重同位关系之间，负项同位关系占优。正负项的定位义素都从属于“精神”概念范畴，诗歌内容意在以“站立”凸显人所具有的不屈精神，而负项内容及其定位义素还激活了深层意义上的对象“行为规范”。“精神”与“行为规范”之间具有相关性和共同的定位义素[+约束性],所以诗歌在深层意义上重新构成“站立”与“行为规范”之间的语义等值,即“站立”不只表现为不屈的精神,也成为有些人践行一生的“行为规范”。

经过双重同位关系的运作,当代诗歌所表征的内容被抽象化为语义等值的正负同位关系,它们之间的语义等值实质上共同指向了同一个语义域。但整首诗的语义构建不只是停留在内容层面,在诗歌内容层面之下还隐藏着深层意义,而深层意义的构建涉及另一个语义域。需要明确的是,即便深层意义属于另一个语义域,但隐藏在诗歌内容之下的特征决定了它的存在和构建不可能脱离诗歌内容层面上的语义关系,而是与诗歌内容层面上的语义关系有着某种特殊关联。由于双重同位关系的负项内容既体现了诗歌语义的偏离,也凸显了诗歌内容的重心,所以当诗歌内容需要再度与另一语义域内的对象形成关联时,需要借助的是负项同位关系及其定位义素。负项同位关系的定位义素与另一个语义域内的对象的定位义素相同,则指代负项同位关系的词语或短语能与另一个语义域内的对象形成语义等值,构成诗歌的深层语义关系。在此过程中,负项同位关系的定位义素起到寻找和激活另一语义域内对象并促成它与负项对象再度构成语义关系的作用。深层语义关系的构建既包括由负项同位关系带来的已知语义信息,又有另一个语义域内对象注入新的语义信息,新构成的语义关系实际上还是指向诗歌的主题。无论是在内容层面选择各种语义关联较弱的对象构成语义关系,推导出内容层面的双重同位关系,还是从一个语义域转向另一个语义域构成深层语义关系,当代诗歌都在以一种曲折的方式构成语义关系,并且最终构成的深层语义关系才是诗人在一首诗中真正想要表达的意味。

诗歌的语义等值过程始终围绕着诗歌主题展开，当诗歌的主题直接以词语、短语或句子的形式成为诗歌标题时，诗歌标题就会与诗歌构成的各组语义关系形成语义等值，也在一首诗中出现明显的跨语言单位的等值。正如例(19)、例(20)皆以词语作为诗歌标题，诗歌中既有以标题词语与其他词语的等值，也有标题词语与数个语义关系即正项或负项同位关系的等值，甚至还能把整首诗的内容看作对标题词语的重新定义，进而形成词语与诗歌文本之间的语义等值。

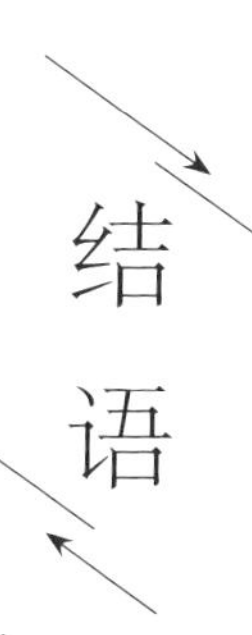

结语

本书根据当代诗歌语义关系构成与修辞手段的关系重新构建当代诗歌的辞格系统,基于语料分析提炼出当代诗歌修辞运用的特征,从语义等值角度说明同义手段构成过程,从这三个方面讨论当代诗歌修辞活动如何提高表达效果以及当代诗歌的修辞特征。

首先,当代诗歌辞格系统的分类标准和层次划分原则与诗人利用修辞手段制造语义关系偏离的切入点是一致的。当代诗歌语义关系是能指形式和所指形式相结合的统一体,能指形式和所指形式同时或其中一方形成偏离都会导致语义关系的偏离。修辞手段本身就是固定的、能产的偏离模式,它既是提高表达效果的有效手段,也可以直接导致能指形式或所指形式产生偏离。所以,围绕着能指形式层面和所指形式层面这一组基本关系可以对常用于构成诗歌语义关系的修辞手段进行划分,辞格分类的基本关系体现了制造当代诗歌语义关系偏离最基本的切入点。以辞格分类的基本关系为基础,还可以继续划分出表示更具体偏离方向的辞格聚合体。能指形式层面和所指形式层面与各自所辖的辞格聚合体之间,前两者可看作包含零度因素的对象,每个辞格聚合体相对于上一层次而言体现了偏离因素并且囊括了具有不同差异的具体修辞手段。同时,这些偏离因素相对于辞格聚合体所辖的具体修辞手段而言又是零度因素。差异性决定了每个修辞手段的结构形式,也显现出这个修辞手段制造偏离的角度和模式。

其次,当代诗歌运用修辞手段构成的语义关系不只具有偏离属性,更重要的是具有创造性。诗人通过综合运用修辞手段,一方面更充分地利用修辞手段的能产模式制造偏离,另一方面根据在能指形式层面和所指形式层面的修辞手段选择使诗歌产生有规律的或不规律的节奏变化。修辞手段的综合运用只能保证生成偏离的语义关系,但不能控制和体现语义关系的偏离程度。因此,与修辞手段综合运用同步的是当代诗从"相异"角度选择参与语义关系构建的对象,并为它们创造新的理据性,构建连接各对象的语义路径。这是当代诗歌拒绝重复使用已经出现的语义关系,转而构成具有创造性偏离修辞效果的语义关系必须进行的操作。在"偏离语义关系"之前加上"创造性"的限定不仅说明语义关系的偏离程度更深,也说明与这些语义关系相对的不只是常规语义关系,还包括偏离程度小及已经出现的偏离语义关系。偏离程度更深的创造性语义关系更能提高当代诗歌修辞活动的表达效果,它也对应了修辞学重点关注的"大偏离"。创造性语义关系的生成也是诗人对潜性语言进行开发后,在当前诗歌语境下实现的潜性语言向显性的转化。

再次,语义等值是形成同义手段的基础,当代诗歌依靠语义等值关系说明不同层次、不同语言单位对象之间构成的同义手段。在当代诗歌中,无论是从一组语义关系之中提取出词语之间的同义手段,还是以不同语义关系、不同层次之间的语义关系、跨语言单位的对象构成同义手段,都需要从这些对象中提取出"共有的几个义素"作为构成同义手段的基础,"共有的几个义素"也能说明对象之间形成语义等值。同义手段是对象之间形成语义等值后的结果,其本身并没有相应的描写机制,而通过描述和推导当代诗歌语义等值的过程可以说明同义手段的构成。

本书根据格雷马斯《结构语义学:方法研究》提出的语义概念和语义等值的表征方式,获得了描写当代诗歌语义等值的工具并建立描写程序。在描写工具方面,定位义素代替"共有的几个义素",成为说明不同对象之间语义等值的基础;同位关系指代包含相同定位义素的语义关系和数组语义关系集合。通过对诗歌内容表征层面构成的同位关系进行定位义素的提取和整合,最终可形成围绕一组对立定位义素构成的双重同位关系。双重同位关系的来源可能完全出自诗歌文本的内容,也可能由文本内容与隐藏在文本之外、表现为语境知识的内容共同构成。虽然分作正项和负项的双重同位关系不直接共享某个定位义素,但正项和负项是从不同语义方向对同一诗歌主题展开的内容,它们共同构成了当代诗歌最根本的语义等值关系,这也是诗歌内容构成其他同位关系语义等值的基础。承担了诗歌内容表征层面语义重心的负项同位关系及其定位义素还可以锚定潜藏在内容层面之下另一语义域内与诗歌表征内容相关的对象,两者之间因共有的定位义素构成语义等值的深层语义关系。由此观之,当代诗歌的语义等值过程经历了内容表征层面上利用定位义素构成一组同位关系内的词语语义等值、数个同位关系之间的语义等值以及最终围绕一组对立定位义素构成的双重同位关系之间的语义等值,再到表征内容与潜藏内容之间构成的深层语义关系的语义等值。

最后,当代诗歌修辞活动是一个"释义"的过程。当代诗歌构成具有创造性偏离效果的语义关系以及在不同层次利用语义等值构成同义手段,仅从单一语义关系角度看,每一组语义关系都是对某个对象的重新定义,但从整首诗的构成角度看,所有语义关系都服务于对诗歌主题的重新定义。

参考文献

[法]A. J. 格雷马斯.结构语义学:方法研究[M].吴泓缈译.北京:生活·读书·新知三联书店,1999.

[法]A. J. 格雷马斯.论意义:符号学论文集(上册)[M].吴泓缈,冯学俊译.天津:百花文艺出版社,2011.

曹德和.诗歌分行功能的修辞学研究[J].平顶山师专学报,2002(01).

陈汝东.当代汉语修辞学[M].北京:北京大学出版社,2004.

陈望道.修辞学发凡[M].上海:上海教育出版社,1997.

陈仲义.现代诗:语言张力论[M].武汉:长江文艺出版社,2012.

[瑞士]费尔迪南·德·索绪尔.普通语言学教程[M].高名凯译.北京:商务印书馆,1999.

胡方芳.现代汉语转喻的认知研究[D].上海:华东师范大学博士毕业论文,2008.

胡方芳.对转喻研究中邻近性的再思考[J].阜阳师范学院学报(社会科学版),2012(02).

李晗蕾.辞格学新论[M].哈尔滨:黑龙江人民出版社,2004.

李心释.聚合、等值与张力:诗歌的空间语法[J].甘肃社会科学,2017(05).

李心释.当代诗歌语言问题探赜[M].北京:科学出版社,2021.

李心释.理论修辞学问题断想——兼论王希杰《汉语修辞学》的贡献[J].南京晓庄学院学报,2023(02).

李章斌.新诗韵律认知的三个“误区”[J].文艺争鸣,2018(06).

李章斌.节奏的“非韵律面相”——新诗节奏三层次理论论述之二(上)[J].常熟理工学院学报(哲学社会科学),2022(01).

林兴仁.句式的选择和运用[M].北京:北京出版社,1983.

刘大为.比喻、近喻与自喻:辞格的认知性研究[M].上海:上海教育出版社,2001.

[俄—美]罗曼·雅各布森.语言的两个面向与两种失语症[A].杨乃乔主编.比较诗学读本(西方卷)[C].北京:首都师范大学出版社,2014.

骆小所.现代修辞学(2010年修订版)[M].昆明:云南人民出版社,2010.

聂焱.广义同义修辞学[M].北京:中国社会科学出版社,2009.

Jakobson, R. Pomorska K. & Rudy S. (eds.). Language in literature. Cambridge, MA: The Belknap Press of Harvard University, 1987.

秦海鹰.互文性理论的缘起与流变[J].外国文学评论,2004(03).

王希杰.修辞的对象及其他[J].语文研究,1981(02).

王希杰.语言学百题(修订本)[M].上海:上海教育出版社,1991.

王希杰.修辞学新论[M].北京:北京语言学院出版社,1993.

王希杰.修辞学通论[M].南京:南京大学出版社,1996.

王希杰.修辞学导论[M].杭州:浙江教育出版社,2000.

王希杰.汉语修辞学(修订本)[M].北京:商务印书馆,2004.

王希杰.借代的定义和范围及本质[J].毕节师范高等专科学校学报,2004(02).

王希杰.借代修辞格辨识[J].毕节师范高等专科学校学报,2005(04).

徐赳赳.现代汉语互文研究[M].北京:北京师范大学出版社,2018.

张弓.现代汉语修辞学[M].石家庄:河北教育出版社,1993.

张辉，卢卫中.认知转喻[M].上海：上海外语教育出版社，2010.

张炼强.能指和所指的概念与理论在修辞学中的应用[J].首都师范大学学报(社会科学版)，2003(04).

赵毅衡.文学符号学[M].北京：中国文联出版公司，1990.

周春林.拈连的辞格要素及其辞格结构类型[J].毕节学院学报，2009(03).

诗歌参考文献

安琪，远村，黄礼孩.中间代诗全集[M].福州：海峡文艺出版社，2004.

多多.多多四十年诗选[M].南京：江苏文艺出版社，2013.

朵渔.最后的黑暗[M].太原：北岳文艺出版社，2013.

非马.台湾现代诗四十家[M].北京：人民文学出版社，1989.

顾城著，顾工编.顾城诗全编[M].北京：生活·读书·新知三联书店，1995.

韩东.韩东的诗[M].南京：江苏文艺出版社，2015.

侯马.侯马的诗[M].北京：北京师范大学出版社，2019.

黄梵.月亮已失眠[M].南京：江苏凤凰文艺出版社，2018.

洪子诚，程光炜主编；唐捐本卷主编.中国新诗百年大典(第九卷)[M].武汉：长江文艺出版社，2013.

洪子诚，程光炜主编；李润霞本卷主编.中国新诗百年大典(第十一卷)[M].武汉：长江文艺出版社，2013.

洪子诚，程光炜主编；何言宏本卷主编.中国新诗百年大典(第十二卷)[M].武汉：长江文艺出版社，2013.

洪子诚，程光炜主编；陈大为本卷主编.中国新诗百年大典(第十三卷)[M].武汉：长江文艺出版社，2013.

洪子诚，程光炜主编；钟怡雯本卷主编.中国新诗百年大典(第十四卷)[M].

武汉:长江文艺出版社,2013.

洪子诚,程光炜主编;张清华本卷主编.中国新诗百年大典(第十五卷)[M].武汉:长江文艺出版社,2013.

洪子诚,程光炜主编;姜涛本卷主编.中国新诗百年大典(第十六卷)[M].武汉:长江文艺出版社,2013.

洪子诚,程光炜主编;西渡本卷主编.中国新诗百年大典(第十八卷)[M].武汉:长江文艺出版社,2013.

洪子诚,程光炜主编;冷霜本卷主编.中国新诗百年大典(第十九卷)[M].武汉:长江文艺出版社,2013.

洪子诚,程光炜主编;张桃洲本卷主编.中国新诗百年大典(第二十卷)[M].武汉:长江文艺出版社,2013.

洪子诚,程光炜主编;赖彧煌本卷主编.中国新诗百年大典(第二十一卷)[M].武汉:长江文艺出版社,2013.

洪子诚,程光炜主编;钱文亮本卷主编.中国新诗百年大典(第二十二卷)[M].武汉:长江文艺出版社,2013.

洪子诚,程光炜主编;杨小滨本卷主编.中国新诗百年大典(第二十六卷)[M].武汉:长江文艺出版社,2013.

洪子诚,程光炜主编;霍俊明本卷主编.中国新诗百年大典(第二十七卷)[M].武汉:长江文艺出版社,2013.

洪子诚,程光炜主编;周瓒本卷主编.中国新诗百年大典(第二十八卷)[M].武汉:长江文艺出版社,2013.

江非.纪念册[M].福州:海风出版社,2007.

君儿著,胡瑞婷编.中国先锋诗歌地图·天津卷[M].成都:四川文艺出版社,2017.

李少君.草根诗歌精选[M].海口:南海出版公司,2005.

李少君.21世纪诗歌精选(第一辑)[M].武汉:长江文艺出版社,2006.

李少君.台湾现代诗选[M].北京:现代出版社,2017.

林莽主编,《诗探索》编辑委员会选编.2013中国年度诗歌[M].桂林:漓江出版社,2014.

马行.无人区[M].桂林:漓江出版社,2016.

任怀强,牛红旗.中国年度诗选2017[M].天津:天津人民出版社,2018.

三个A.中国先锋诗歌地图·广西卷[M].成都:四川文艺出版社,2017.

《诗探索》编辑委员会选编,林莽主编.2018中国年度诗歌[M].桂林:漓江出版社,2019.

《诗探索》编辑委员会选编,林莽主编.2019中国年度诗选[M].桂林:漓江出版社,2020.

《诗探索》编辑委员会选编,林莽主编.2021中国年度诗歌[M].桂林:漓江出版社,2022.

沈浩波.命令我沉默[M].杭州:浙江文艺出版社,2013.

沈浩波.花莲之夜[M].北京:中国青年出版社,2019.

孙文波.孙文波的诗[M].北京:人民文学出版社,2001.

唐诗.双年诗经——中国当代诗歌导读暨中国当代诗歌奖获得者作品集2015—2016[M].成都:四川人民出版社,2017.

王家新.纪念[M].武汉:长江文艺出版社,1985.

王家新.塔可夫斯基的树:王家新集1990~2013[M].北京:作家出版社,2013.

西川.大意如此[M].长沙:湖南文艺出版社,1997.

西娃.中国先锋诗歌地图·北京卷[M].成都:四川文艺出版社,2017.

肖开愚.肖开愚的诗[M].北京:人民文学出版社,2004.

谢湘南.谢湘南诗选[M].武汉:长江文艺出版社,2014.

严力.严力的诗[J].时代文学(上半月),2013(10).

杨键.杨键诗选[M].武汉:长江文艺出版社,2015.

杨克.2006中国新诗年鉴[M].广州:花城出版社,2007.

杨克.《中国新诗年鉴》十年精选[M].北京:中国青年出版社,2010.

杨克.中国新诗年鉴2011—2012[M].南京:江苏文艺出版社,2013.

杨克.石榴的火焰[M].广州:花城出版社,2012.

伊沙.中国口语诗选[M].武汉:长江文艺出版社,2015.

伊沙.伊沙诗集·卷二 鸽子[M].杭州:浙江文艺出版社,2016.

伊沙.一沙一世界:伊沙集1988~2015[M].北京:作家出版社,2017.

伊沙.伊沙的诗[M].北京:北京师范大学出版社,2019.

伊沙.白雪乌鸦[M].成都:四川文艺出版社,2021.

于坚.在漫长的旅途中[M].北京:作家出版社,2008.

于坚.我述说你所见:于坚集1982~2012[M].北京:作家出版社,2013.

余秀华.月光落在左手上[M].桂林:广西师范大学出版社,2015.

臧棣.骑手和豆浆:臧棣集1991~2014[M].北京:作家出版社,2015.

臧棣.新五人诗选[M].广州:花城出版社,2017.

张执浩.高原上的野花[M].南京:江苏凤凰文艺出版社,2017.

郑小琼.郑小琼诗选[M].广州:花城出版社,2008.

中国作家协会《诗刊》选编.2006中国年度诗歌[M].桂林:漓江出版社,2007.

中国作协创研部选编.2011年中国诗歌精选[M].武汉:长江文艺出版社,2012.

中国作协创研部选编.2013年中国诗歌精选[M].武汉:长江文艺出版社,2014.

中国作协创研部选编.2019年中国诗歌精选[M].武汉:长江文艺出版社,2020.

章德益.西部太阳[M].上海:上海文艺出版社,1986.

周家丞.唐诗三百首新编[M].北京:中国言实出版社,2019.

周伦佑.亵渎中的第三朵语言花——后现代主义诗歌[M].兰州:敦煌文艺出版社,1994.